KB233397

모두가
내게
거짓을
말한다

모두가
내게
거짓을
말한다

모두가 내게 거짓을 말한다

황석원

글·그림

amStory

All about Making Story

| 차례 |

심심한 건 애나 어른이나 똑같다

온 세계 사람들의 손톱과 발톱, 그리고 머리카락을 매일 아침 자란 만큼만 떼 내어 길게 늘인다면 지구를 대체 몇 바퀴나 감을 수 있을까? 그렇다면 지구에는 언젠가 토성과 헷갈릴 정도의 굵은 띠가 둘러지게 되겠지? 그렇다면 집으로 돌아가려던 토성 외계인들이 실수로 지구에 오게 될 수도 있을까? 그렇다면 지구인들은 침입자 토성 외계인들을 물리치기 위해 화염 방사기를 쏘고 제트기를 띄우고 미사일까지 발사하겠지? 그렇다면 토성에서는 공격받은 국민들을 위해 지원군을 보내게 될까? 그렇다면 지원군들은 부인(비록 이마에 수십 개의 지느러미가 달려있을지라도)에게 마지막 작별 인사를 선사한 다음 슬픈 얼굴로 우주선에 올라타게 되겠지? 그렇다면 얼마 후 지구에서는 토성 외계인들과의 전쟁이 터져 건물들은 유리창이 박살나고 거리는 온통 불바다가 될까? 그렇다면 사람들은 소리를 꽥꽥, 질러대며 거리를 돌아다니게 되고, 그 와중까지도 몇몇 사람들은 부서진 백화점에 들어가 갖고 싶었던 물건들을 몰래 훔치기도 하겠지? 그렇지만 결국 지구인들이 전쟁에서 이기게 되고, 사람들은 다시 평화를 되찾게 될까? 영화에서는 그러던데. 하여간. 손톱, 발톱, 그리고 머리카락은 대체 왜 자꾸만 자라는 건지. 그뿐이 아니다. 내가 대략 15세 즈음이 되면 거시기에서까지도 머리카락, 아니 거시기카락이 자란다고 하니까. 제기랄. 정말이지 끝이 없다. 끝이!

그나저나 궁금하다. 이런 사실을 누가 처음, 그러니까 사람이 대략 15세 즈음이 되면 거시기에서 거시기카락이 자란다는 사실을 누가 가장 먼저 발견하게 되었을까? 그래. 어쩌면 이렇게 발견했을 수도. 원스 어폰 어 타임, 어느 평온한 산골짜기 마을에 15세의 철수라는 아이가 살고 있었을 수도. 그러던 어느 날, 철수가 자기 거시기에 거시기카락이 자라있는 것을 보고는 엄청난 충격에 빠졌을 수도. 그 후로 철수는 한동안 혼자 끙끙 앓다, 조금씩 주변 사람들을 의심하기 시작했을 수도. 그러다 결국 철수는 가장 유력한 범인으로 원수지간이자, 동갑내기인 미희를 지목하는 데 이르렀을 수도. 그리하여 심히 분노한 철수는 곧장 미희의 집으로 찾아갔을 수도. 그리고는 다짜고짜 화를 내며 바지를 내린 다음, 이렇게 외쳤을 수도.

"요망한 계집! 응당 네년의 짓이렷다!"

하지만 이상하게도 미희는 아무 대답 않았을 수도. 그저 치마를 홀딱 올려 보임으로써 자신 역시 피해자 중 하나임을 밝혀 보였을 수도. 순식간에 같은 운명이 된 철수와 미희는 서로 화해했을 수도. 그리고는 함께 손을 잡고 온 동네의 또래 아이들을 하나씩 찾아다니며 그들의 거시기에도 거시기카락이 나 있는지를 일일이 검사했을 수도. 그러다 결국 철수와 미희는 자신들을 포함한 모두가 똑같다는 사실을 발견하게 됐을 수도. 그러자 몹시 흥분한 철수와 미희는 자신들이 발견한 사실을 온 동네방네에 다 알리고 다녔을 수도. 그리고 그렇게, 거시기카락의 비밀이 지금까지 전해져 내려온 것일 수도. 게다가 철수와 미희는 결혼까지 하여 오래오래 행복하게 잘 먹고 잘 싸고 잘 살았을 수도.

아니면 이랬을 수도. 지구에서 첫 번째로 태어난 사람이 처음 발견했을 수도.

"우오오. 우가갹 우갸갸다워댜댝!!! 구우우훌훌!!! 깨갹밯쟣갸!!"

우리말로 번역하자면

"여러분! 내가 지금 살고 있는 이 숲 속과 저 너머 땅 위에 나와 닮은 어떤 종류가 있다면, 그래서 혹시라도 내 말을 듣게 된다 해도 놀라지 마십시오. 절대 놀라지 마십시오! 나는 지금 엄청난 발견 앞에 있습니다. 믿기 힘들겠지만, 지금부터 내가 할 말은 모두 진실입니다. 나의 주장에 조금 더 자신감을 더하기 위해, 우선 숨을 고르고 연못에 가서 물을 한 모금 마시고 오겠습니다. 자리를 떠나지 마시고 기다려주십시오. (벌컥벌컥. 퀙! 퀙퀙!) 으흠. 내가 어디까지 이야기했었나요? 아. 엄청난 발견 앞에 있다고 했었죠. 이 발견을 밝히기에 앞서, 우선 나에 대한 간략한 소개를 하겠습니다. 나는 풀과 나무가 우거진 숲 속에 살고 있습니다. 생김새는 나와 비슷하지만 네 발로 땅을 기어 다니는 부모 아래서 자랐습니다. 친구를 몇 가지고 있지만, 생김새는 나와 다릅니다. 이

건 비밀인데, 아무래도 그들은 나보다 멍청한 것 같습니다. 그들은 나보다 달리기도 빠르고 송곳니도 더 크고 단단하지만, 머리만큼은 나보다 나쁜 것 같습니다. 그것도 아주 많이요. 털북숭이에다 엉덩이가 빨간 녀석만이 나의 유일한 맞수인데, 그 녀석조차도 코코넛 세기와 숨은 바나나 찾기 시합에서 나에게 무참히 졌습니다. 어쨌거나 나는 싹이 나는 계절과 눈이 내리는 계절을 이번까지 포함해 15번을 보냈습니다. 사실 내가 기억하는 것은 12번뿐이지만, 네 발 달리신 부모님께서 전에 3번이 더 있었다고 하더군요. 여기까지가 내 소개입니다. 다시 본론으로 돌아가, 저는 최근 엄청난 발견을 했습니다. 바로 며칠 전에 말이에요! 바로, 내 허벅지 사이에 늘어져 있는 작고 흐느적거리는 막대기 주변에 검고 얇은 물체들이 자라나기 시작했다는 것입니다. 이것은 마치 내 눈 위에 있는 그것들, 그리고 그 위에 내 머리를 덮고 있는 그것들과 같은 모습입니다. 물론 그것들은 내가 기억하고 있는 내 모습의 첫 순간부터 있었기 때문에 그리 어색하게 다가오지 않았습니다. 하지만 오랜 시간이 지난 지금, 나의 그 막대기 주변에 검고 얇은 물체들이 자라나기 시작한 것을 발견했을 때 나는 놀라움과 두려움을 느끼지 않을 수 없었습니다. 게다가 내 주위의 어느 누구도 나와 같은 변화를 하지 않아 더 그렇습니다. 내 두 눈으로 똑똑히 확인했습니다! 결국 나는 지금 우리 마을에서 가장 크고 굵은 나무 앞에 와 서는 데까지 이르렀습니다. 나는 이 엄청난 발견을 나뭇잎 위에 적어 땅 속에 묻어두려 합니다. 물론 내 막대기 주변에서 자라나기 시작한 물체들 몇 가닥도 함께요. 혹시라도 지금 누군가 나저럼 놀라움괴 두려움을 느끼고 있다면, 당장 이 나무 밑을 파 보십시오. 그렇다면 당신은 알게 될 것입니다. 당신은 혼자가 아니라는 사실을. 명심하세요. 당신은 혼자가 아니에요. 절대로요!"

휴. 또 시작이군. 또 시작이야. 나의 머리는 어떻게 된 게 한 번 생각을 시작했다 하면 도무지 멈출 줄을 모른다. 가끔은 이런 내가 싫기도 하다. 왜냐하면 내가 아무리 토성과 과거, 심지어 인류의 시작까지 갔다 왔다고 해도, 실은 콘크리트 냄새 나는 아파트에 처박혀 살고 있을 뿐이니까!

그런데도 나는 여전히 생각을 멈출 수가 없다. 잘 따지고 보면, 내가 원해서 그러는 것이 아닌데도 말이다. 절로 그러는 것이다. 나는 가만히 누워있는데, 생각들이 절로 자라나는 것이다. 아무리 생각해보아도 그렇다. 분명히 절로 그러는 것이다. 꼭 손톱, 발톱, 그리고 머리카락이 자라듯이. 하여간. 세상에는 이상한 일들이 너무 많은 것 같다. 아니면 혹시, 내가 이상한 건가? 물론 아니다. 나는 단지, 심심할 뿐이니까.

오늘도 나는 억지로 집을 나섰다. 교실에 도착하자, 아이들이 서로 옹기종기 모여 왁자지껄 떠들고 있었다. 나는 아이들과 어색하게 인사를 나누었다. 전학을 온 지 일주일이 지났지만, 아직 서로 서먹서먹했다.

나는 아이들이 나누는 이야기의 내용에 귀를 기울였다. 대치동에 살 때 다니던 학교의 아이들과는 다른 이야기를 나누고 있을지 몰라서, 그래서 혹시라도 내가 끼어들 틈이 있나 해서였다.

듣자하니, 아이들은 온라인 총 쏘기 게임 이야기를 하고 있었다. 스나

이퍼, 수류탄 등의 단어가 껴있는 걸 보면. 그나마 다행이었다. 예전 학교의 아이들이 나누던 이야기는 대부분 복잡한 수학 공식, 혹은 영어 문법들뿐이었으니까. 그런데도 나는 아이들의 이야기에 선뜻 끼어들지 못했다. 왜냐하면 나는 그 게임을 해본 적이 없었으니까.

　수업을 마치고 집으로 돌아오는 길, 편의점 앞을 지날 때였다. 등 뒤에서 들리는 소리에 나는 걸음을 멈칫, 했다.

"까치집."

　뒤를 돌아보자, 역시나 나를 부르는 게 맞았다. 하지만 처음 보는 사람이었다. 여자였다. 나보다 몇 살 많은 것 같았다. 교복을 입고 있어서였다. 보아하니, 노는 누나인 것 같았다. 노스페이스인지 뭔지 하는 오리털 점퍼를 입고 있었으니까. 노는 누나가 말했다.

"부탁 하나만 하자."

　괘씸했다. 나를 언제 봤다고 반말인 것이며, 까치집 졌다고 놀리는 것이며. 내가 말했다.

"너 나 알아?"

"아니."

"근데 왜 반말이야?"

　노는 누나가 어이없다는 듯 나를 바라보았다. 그리고는 잠시 후, 다시 입을 열었다.

"어쨌든 나 부탁하나만 하자."

나는 아무 대답 않았다. 그저 노는 누나를 위아래로 훑어보기만 했다. 그다지 위험해보이지 않았다. 혹시 위험하다해도 별로 무섭지 않았다. 싸워도 내가 이길 것이 분명했으니까.

노는 누나가 주머니를 뒤적거리더니 내게 무언가를 건넸다. 만 원짜리 한 장이었다.

"여기 편의점에 가서 말보로 두 개만 달라고 해봐. 빨간색으로."

"말보로가 뭐야?"

처음 듣는 이름이었다. 얼마 전에 새로 나온 초콜릿 이름 같기도 했다.

"가보면 알아. 가서 몸이 안 좋아 누워계신 할아버지 심부름이라고 해봐. 알겠지?"

알긴 개뿔. 하나도 이해가 안 됐다. 지가 가서 살 것이지 왜 가만있는 나한테 시키는지가.

"그런데 왜 내가 가?"

노는 누나는 아무 대답 없이, 그저 입고 있던 교복 자락을 살짝 들춰 내 보이기만 했다. 어쨌거나 나는 조금도 노는 누나가 시키는 대로 하고 싶지 않았다.

"싫어. 나 안 가."

"부탁 좀 하자. 꼭 필요해서 그래. 응?"

불쑥, 어떤 생각이 떠오른 내가 말했다.

"그냥은 안 되지."

노는 누나가 당황스럽다는 듯 눈을 동그랗게 떴다. 그래도 어쩔 수 없었다. 내가 아무리 착해도 절대 그냥은 안 됐다. 노는 누나가 입을 열었다.

"알겠어. 오백 원 줄게. 됐지?"

절대 안 됐다. 적어도 천 원은 받아 내야했다. 그래야 스니커즈라도 하나 더 사먹을 수 있었으니까.

"천 원."

노는 누나가 눈을 부릅떴다. 나 또한 눈을 부릅떴다. 노는 누나와 나는 그렇게 한참을 서로 쳐다보았다.

"뭐 이런 초딩이 다 있어."

나는 갸우뚱, 해졌다. 그러니까 노는 누나가 말한 '이런' 초딩이라는 게 과연 '어떤' 초딩을 가리키는 건지 때문에. 하지만 딱히 이해가 되지 않았다. 다만 한 가지, 어쨌거나 이런 초딩이란 '그냥' 초딩과 다르다는 것 빼고는. 내가 말했다.

"칭찬이야?"

"뭐가?"

"뭐 이런 초딩이 다 있냐며."

노는 누나는 한 숨 푹, 내쉬더니 끝내, 내 손에 만 원을 쥐어주었다.

나는 편의점 안으로 들어갔다. 그리고는 직원 형에게 돈을 건네며 말보로 두 개를 달라고 말했다. 물론 빨간색으로.

"몸이 안 좋아 누워계신 할아버지 심부름이에요."

말을 마치자 불쑥, 기분이 몹시 찝찝해졌다. 다름이 아니라, 나도 몰래 거짓을 말해버렸다는 사실 때문에. 나는 곧장 직원 형에게 솔직히 털어

놓으려고 했다. 하지만 할 수 없었다. 왜냐하면 직원 형이 이미 내 손에 거스름돈과 말보로를 쥐어준 후였으니까. 어쨌거나 나는 그때 처음 알았다. 말보로가 담배 이름이라는 사실을.

나는 다시 편의점 밖으로 나가 노는 누나에게 거스름돈 오천 원과 말보로 두 개를 건넸다. 노는 누나는 입가에 미소를 번뜩, 이며 내게 천 원 한 장을 되돌려 주었다.

"고맙다."

나는 천 원 한 장을 손에 쥔 채 한참을 머뭇머뭇, 댔다. 기분이 좋은 것 같으면서도, 어딘가 영 찝찝해서였다. 내가 말했다.

"됐어."

그리고는 노는 누나에게 천 원을 도로 되돌려 주었다.

"왜?"

"받을 수 없어."

왜냐하면 거짓을 말하고 받은 돈으로는, 아무리 스니커즈라도 맛있게 사먹을 수 없을 것 같았으니까. 노는 누나는 갸우뚱하다는 듯 나를 바라보고는 슬며시, 내게 주려던 천 원을 자기 주머니로 집어넣었다. 문득, 궁금한 것이 떠오른 내가 물었다.

"근데 그거 왜 피우는 거야?"

노는 누나는 잠시 사이를 두고 대답했다.

"그냥. 심심하잖아."

"그거 피우면 안 심심해져?"

“응.”

말을 마친 노는 누나가 몸을 돌리려는데, 내가 말했다.

“나도 하나만 줘.”

“뭐를?”

“말보로.”

노는 누나는 한동안 물끄러미 나를 바라보더니 잠시 후, 주머니에서 말보로를 꺼냈다.

집으로 돌아오자마자, 나는 엄마의 화장대 서랍을 뒤졌다. 화장실 수납장을 뒤졌다. 싱크대 서랍을 뒤졌다. 신발장 서랍을 뒤졌다. 그리고는 끝내, 라이터를 찾아냈다.

다행히도 마침, 아빠가 자전거를 타러 나가고 없었다. 그 틈을 타 나는 냉큼, 라이터와 말보로를 들고 베란다로 나갔다. 창문 앞에 서서 말보로를 집게손가락으로 집은 다음 찰칵, 부싯돌을 켰다. 말보로에 불이 지글지글, 붙었다. 뿌옇고 얇은 연기가 뭉실뭉실, 피어올랐다. 창문으로 비친 내 모습이 꽤나 그럴싸했다. 멋있었다!

나는 말보로를 슬그머니, 입에 가져다 물었다. 그리고는 입김을 후우, 불어보았다. 불씨가 번쩍이며 연기가 멈췄다. 이번에는 반대로 주욱, 빨아보았다. 불씨가 번쩍이며 연기가 멈췄다. 순간, 둔탁하고 묵직한 연기가 나의 이와 이 사이를 와락, 비집고 들어왔다. 혀 위에서 미끄럼틀 타듯 주르륵, 미끄러졌다. 뿌연 몸통으로 목젖을 감싸더니, 그렇게 한참을 빙글빙글, 맴돌았다. 웬만큼 다 맴돌고 나자, 낙하산처럼 날개를 휘릭, 펼쳤다. 그리고는 목구멍 아래로 떨어지려던 찰나, 경보장치에 걸리는 바람에 결국 입 밖으로 내동댕이쳐졌다.

"우웩!"

연기가 이와 콧구멍 사이로 삐질삐질, 도로 빠져나갔다. 눈이 매웠다. 머리가 어지러웠다. 다리에 힘이 풀렸다. 주저앉아버릴 것만 같았다. 하지만 기분이 그다지 나쁘지만은 않은 것 같았다.

나는 말보로를 한 모금 더 빨아보았다. 조금 전과 같은 일이 벌어졌다. 그래도 한 모금 더 빨아보았다. 다행히 더는 기침이 나오지 않았다. 기분 역시도 그다지 나쁘지만은 않은 것 같았다. 아니. 오히려 기분이 좋은 쪽에 가까운 것도 같았다. 하지만 심심한 건, 여전히 마찬가지였다.

나는 컴퓨터를 켰다. 그리고는 인터넷에서 아이들이 얘기했던 온라인 총 쏘기 게임을 다운 받았다. 혹시나 해보면 재미있을지 몰라서, 그래서 아이들과 어울릴 수 있게 될지 몰라서, 그러면 더는 심심하지 않게 될지도 몰라서였다.

게임 속의 나는 총을 들고 빌딩과 빌딩 사이를 냅다 뛰어다녔다. 악당들이 눈앞에 나타나면 와다다, 총을 갈겼다. 발사된 총알들이 악당들의 몸에 푸슉푸슉, 박히자 피가 샤샥샤샥, 뿜어져 나왔다. 짜릿했다. 하지만 그게 끝이었다. 그저 가끔 짜증이 날 때 한 번씩 하면 좋을 것 같았을 뿐, 별로 재미없었다. 왜냐하면 이미 영화에서 많이 본 것들이었으니까. 나는 생각했다. 아이들과 함께 어울리려면 재미없는 일이라도 억지로 해야 하는가 보다고. 어쨌거나 심심한 건, 여전히 마찬가지였다.

나는 곰곰이 생각해본다. 대체 언제 내가 심심하지 않은지를. 아무래도 나는 항상 심심한 것 같다.

물론 영화를 볼 때는 별로 심심하지 않다. 꼭 내가 다른 세상에 살고 있는 것 같은 기분이 들어서다. 그것도 엄청 즐겁고, 신나고, 행복한 세상에! 맘 같아서는 하루 종일 TV 앞에서 영화만 보고 싶다. 하지만 마냥 그러기도 쉽지 않다. 왜냐하면 TV에서는 똑같은 영화를 몇 번씩이나 계속 반복해서 틀어주니까. 혹시나 새로운 영화를 틀어줘도, 두 시간만 지나면 바로 끝나버리니까.

그나마 가장 심심하지 않은 때는 바로 낙서를 할 때인 것 같다. 내가 처음 낙서를 하게 된 것은 1학년 때의 어느 수학 시간. 선생님이 내준 뺄셈 문제를 푸는 척하다가 우연히 시작됐다.

처음에는 주로 눈에 보이는 대로 따라 낙서했다. 가령 선생님, 같은 반 아이들, 보안관 아저씨 혹은 지우개, 연필 등 주변에서 쉽게 볼 수 있는 것들을. 그런데, 이상했다. 다름이 아니라, 낙서가 절로 됐다! 나는 학원이나 선생님에게서 낙서를 배운 적이 한 번 없었는데도 말이다.

아무리 생각해보아도 이상했던 나머지, 나는 내 스스로에게 이렇게 물어보기까지 했다. 물론 조금은 흥분되고, 또 조심스러운 목소리로.

"설마 너, 천재인지 뭔지 하는 그것이니?"

아무래도 그런 것 같았다.

어쨌거나 그 후로 나는 수학 시간뿐만 아니라 다른 수업 시간에도 낙서를 했다. 주변에서 쉽게 볼 수 있는 것들을 닥치는 대로 다 따라 낙서했다.

그러다 2학년이 될 즈음, 나는 수업 시간뿐만 아니라, 학교 밖에서까지도 낙서를 하기 시작했다. 동시에 주변에서 쉽게 볼 수 있는 것뿐만 아니라, 쉽게 볼 수 없는 것들까지도 따라 낙서하기 시작했다. 가령 책상 아래에 달라붙어있는 코딱지부터 짝꿍 녀석의 손톱에 긴 때, 보안관 아저씨의 콧구멍 사이로 삐져나온 코털, 문방구 아저씨의 티셔츠 위로 볼록 튀어나온 젖꼭지, 엄마가 한 달에 한 번꼴로 화장실 휴지통에 낳아 놓는 달걀, 심지어 내가 변기에 싼 똥까지!

시간이 흐를수록, 나의 낙서 실력은 늘고, 또 늘어갔다. 주변에서 쉽게 볼 수 있든 쉽게 볼 수 없든, 눈에 보이는 대부분의 것들을 거의 비슷하게 따라 낙서할 수 있을 정도로!

하지만 아쉽게도, 부작용인지 뭔지 하는 것도 함께 생겨버렸다. 다름이 아니라, 이미 낙서를 너무 많이 해버려서 더는 새로 할 만한 것이 없어져 버린 것.

그런데도 나는 낙서를 포기하지 않았다. 오히려 평소보다 더 많이 주변을 둘러보았다. 잘 보이지 않는 곳들까지 구석구석, 뒤져보았다. 동시에 예전에 이미 낙서했던 것들을 한 번 더 보고, 또 보고, 또 다시 보기도 해보았다. 물론 새로 낙서할 만한 것을 찾아내기 위해서.

그러던 어느 날, 나는 아주 재미있는 사실 하나를 발견해냈다. 바로 모두들 어떤 순간이 찾아오면, 저마다 평소와는 다른 표정을 짓는다는 사실을. 그것도 사람이든 물건이든 할 것 없이 전부 말이다. 가령 보안관 아저씨는 눈앞으로 예쁜 아이들이 지나가는 순간이면 꼭 음흉한 표정을 지었고, 지우개와 연필은 내가 쓰고 깎는 순간이면 꼭 괴로운 표정을 지었으며, 엄마는 화장실 휴지통에 달걀을 낳고 나오는 순간이면 꼭 짜증스러운 표정을 지었던 데다가, 아빠는 아침에까지 몸에서 술 냄새를 풍기는 순간이면 꼭 피곤한 표정을 지었다. 그랬다. 모두들 어떤 순간이 찾아오면 짓는 표정들에는, 저마다 나름의 이유가 있었던 것이다.

그 후로 나는 어떤 표정들이 보이는 순간들을 찾아 따라 낙서하기 시작했다. 그러자 낙서가 전보다 훨씬 더 재미있어졌다. 내가 무언가 특별한 일을 하고 있는 것 같은 기분이 들었다. 정말로 내가 천재가 된 것 같은 기분이 들었다. 모두가 모르는 비밀을 나만 알고 있는 것 같은 기분이 들었다. 그것도 엄청나게 중요한 비밀을! 그래서인지, 나는 아직까지도 어떤 표정들이 보이는 순간들과 마주치면 한동안 눈을 떼지 못한다. 마치 내가 그것에게 꽈악, 붙잡히기라도 한 것처럼.

어쨌거나 나는 낙서를 할 때 별로 심심하지 않은 것 같다. 아니. 심심하다는 생각을 할 틈이 없는 것 같다. 하지만 계속 낙서만 하며 보내기에는, 하루가 너무 길다.

나의 방은 2층에 있어서 밖을 지나다니는 사람들의 잠을 덜 잤는지 찌뿌둥한 표정, 똥이 마려운지 다급한 표정, 남편 혹은 아내와 다투었는지

축 가라앉은 표정 등이 자세히 보이는 순간들이 많아 나름 재미가 있다. 물론 세탁소 아저씨의 가래 섞인 목소리와 3층 노처녀 아줌마의 이마에 새겨진 짜증스러운 주름까지 너무 자세히 보여 싫을 때도 있지만.

그런 한편, 꽤나 희한한 광경도 하나 보인다. 바로 매일같이 경비 아저씨가 쭈그려 앉은 채로 풀밭을 뒤적거리는 것. 처음에는 아저씨가 무얼 하는지 몰랐다. 하지만 얼마 전, 나는 마침내 아저씨가 무얼 하는지 알게 되었다. 내가 물었다.

"아저씨 뭐해요?"

"음… 행운을 찾는 중이란다."

"왜 찾아요?"

"음… 심심하니까."

"그거 찾으면 안 심심해져요?"

"음… 아마도?"

나는 생각했다. 애나 어른이나 심심한 건 똑같은가 보다고. 어쨌거나 그 후로는 아저씨가 행운을 찾았는지 아니면 아직 찾지 못했는지 매일 확인한다. 만약 아저씨가 행운을 찾더니 더 이상 심심하지 않게 된다면, 나도 아저씨처럼 행운을 찾아 나설 것이니까. 하지만 경비 아저씨는 오늘도 여전히 행운을 찾고 있다. 불쑥, 겁이 난다. 다름이 아니라, 아저씨가 평생 행운을 찾지 못할까봐서.

어쩌면 나는 평생 심심하게 살아야 할지도 모른다.

화장한 여자의 말은 믿으면 안 된다

응?

이 소리가 절로 나오는 아침이었다. 무언가 이상했다. 평소와 달랐다. 공기가 찼다. 엄마의 드라이어 소리가 들리지 않았다. 늘 닫혀있던 아빠의 방 문까지 활짝 열려있었다. 항상 반짝반짝, 빛나는 금색 십자가 외에는 다들 어딘가 다른 얼굴이었다.

엄마가 거실 소파 위에 앉아있었다. 하얀 얼굴이 창밖에서 들어오는 봄 햇살에 샛노랗게, 적셔져있었다. 꼭 무언가에 홀린 사람 같았다. 어쩌면 창문에 비친 자기 모습에. 왜냐하면 그 순간, 엄마의 표정은 내가 여태껏 보아 온 것들 중 가장 아름다웠으니까.

잠시 후, 엄마가 내게로 다가왔다. 그리고는 내 앞에 멈춰서더니 내 키만큼 몸을 숙였다. 그때서야 엄마의 얼굴이 또렷이 보였다. 아주 매운 라면을 먹은 사람처럼 띵띵, 부어 올라있었다. 두 눈동자로는 머리에 까치집이 진 채, 의아하다는 듯 눈을 동그랗게 뜨고 있는 내가 보였다. 입술과 입술이 만나는 부분 중 가장 얇은 곳에서는, 침 냄새가 새어 나왔다. 그것도 아주 오래 입을 다물고 있었을 때 나는 텁텁한 침 냄새가. 나는 그 냄새가 싫지 않았다. 그렇다고 더 맡고 싶지도 않았다. 그저 이렇게만 묻고 싶을 뿐이었다.

"무슨 일이야?"

하지만 엄마가 갑자기 나를 덥석, 끌어안는 바람에 묻지 못했다. 엄마가 나를 그토록 세게 끌어안은 것은, 유치원 학예회 이후 처음이었다. 엄마와 몸이 맞닿은 후에야 나는 엄마가 떨고 있다는 사실을 알았다. 엄마가 떨고 있다는 것을 느낀 것도, 유치원 학예회 이후 처음이었다. 엄마가 내게서 몸을 떼고는 내 눈을 바라보았다. 엄마가 그토록 오래 내 눈을 바라본 것도, 유치원 학예회 이후 처음이었다. 엄마가 목이 꽉 잠긴 소리로 말했다.

"사랑해 아들."

엄마가 내게 사랑한다고 말한 것도, 유치원 학예회 이후 처음이었다.

나는 화장실로 들어갔다. 물을 틀어 놓은 채, 애꿎은 거울만 한참 들여다보았다. 평소라면 이런 생각을 했었을 것이었다. 어떻게 된 게 얼굴이 갈수록 잘생겨지는 것 같다고. 하지만 오늘은 달랐다. 이상하게도, 딱 어제만큼만 잘생긴 것 같았다.

모처럼 머리까지 감고 나갔다. 식탁에서 김이 모락모락, 피어오르고 있었다. 메뉴가 웬 일로 마요네즈와 케첩이 들어간 계란 프라이가 아닌 것이 내심 기뻤다. 물론 그래봤자, 맛은 별로 없을 것이 분명했지만.

나는 숟가락을 들어 밥풀 사이로 푹 찔러 넣었다. 그리고는 힘을 주어 한 숟갈 크게 떴다. 그런데, 그릇 안에 있던 밥이 모두 한 덩어리로 떠졌다. 엄마가 한 밥이 비스킷처럼 부서져 버리거나, 아니면 젤리처럼 흐느적거린 적은 많았지만, 그런 적은 처음이라 나도 모르게 푸핫, 웃음이 튀어나왔다. 하지만 엄마는 숟가락을 들어야 할지 젓가락을 들어야 할지 헷갈리기라도 하듯, 손을 허공 위에서 빙빙, 맴돌기만 했다. 갑자기 차가워진 공기 탓인지 손을 부르르, 떨기도 했다. 힘없이 내려앉은 엄마의 머리카락이 찌개 국물에 달랑 말랑 아슬아슬, 흔들거렸다. 나는 한 손을 들어 엄마의 머리카락을 냄비 바깥으로 밀어냈다. 그러자 불쑥, 어떤 향기가 내 코를 찔렀다. 이상했다. 내 기억이 닿는 첫 순간부터 늘 한결 같던 그 향기가 아니었다. 어딘가 더 시큼해진, 혹은 더 씁쓸해진 그런 다른 낯선 향기였다. 나는 어색함을 감추듯 코를 비비며 주변으로 눈을 돌렸다.

"아빠는?"

내가 엄마와 나 사이의 빈 의자를 보고는 말했다. 엄마는 잠시 머뭇대더니, 이렇게 대답했다.

"아빠 출장 갔어."

이상했다. 엄마가 내 눈을 슬그머니, 피한 것과 말을 마치고서 이를 악, 문 것은 나중 문제였다. 그보다도 내가 아는 아빠는 그런 출장 같은 걸 갈 사람이 아니라는 게 더 먼저였다. 나는 아빠가 선글라스는커녕,

양복을 입은 모습과 각진 가방을 든 모습조차 한 번 본 적이 없었으니까. 내가 아침에 학교를 갈 때도, 마치고 돌아와서도, 저녁을 먹을 때도, 침대에 눕기 전에도, 아빠는 항상 자기 방에 들어가 있거나, 거실 TV 앞에 앉아있는 사람이었다. 내가 기억하는 첫 순간부터, 바로 어제 아침까지도. 나는 의아하다는 듯 엄마에게 되물었다.

"어디로 갔는데?"

엄마가 숟가락을 식탁 위에 탁, 내려놓았다. 송곳니로 아랫입술을 잘근잘근, 씹어댔다. 손가락으로 머리카락을 비비, 꼬았다. 나는 황급히 숨을 참았다. 변해버린 엄마의 향기가 또 코를 찌를까봐.

잠시 후, 머리카락을 꼬던 엄마의 손가락이 서서히 멈추기 시작했다.

"멀고도 가까운 곳으로."

엄마가 자리에서 일어서며 대답했다. 그것도 내게 등을 진 채로 터벅터벅, 자기 방으로 걸음을 옮기면서. 멀어져가는 엄마의 뒷모습을 보자, 나도 몰래 숟가락이 손에서 내려놓아졌다.

학교로 향하는 길, 이상하게도 걸음이 썩 가볍지 않았다. 나는 일단 걸음을 멈췄다. 그리고는 신발 한 짝을 벗어 속을 힐끔, 들여다보았지만 마찬가지였다. 하지만 아무것도 없었다. 나머지 신발 한 짝도 벗어 속을 힐끔, 들여다보았지만 마찬가지였다. 그런데도 걸음이 여전히 썩 가볍지 않았다. 나는 생각했다. 엄마에게 용돈 받는 것을 깜빡해서 그런 건가 보다고. 몹시 아쉬웠다. 용돈을 받지 못했다는 것은, 나의 하루

속 유일한 즐거움인 스니커즈를 사먹을 수 없다는 말과도 같으니까.

수업 시간, 나는 또 낙서를 했다. 바로 아침에 엄마에게서 보았던 아름다운 순간을. 하다 보니 문득, 궁금해졌다. 다름이 아니라 그 순간, 엄마는 왜 아름다운 표정을 짓고 있었던 건지가. 하지만 아무래도 알 수가 없었다. 그저 애매하기만 했다. 분명 어떤 이유가 있었을 텐데도 말이다.

아름다운 순간을 낙서한 것은 오늘이 처음이었다. 보기보다 무척 어려웠다. 아무리 노력해보아도, 아름다워지지 않았다. 그렇다고 아름답지 않지도 않았다. 그저 애매하기만 했다.

끝내, 나는 아름다운 순간을 낙서하는 데 실패하고 말았다. 낙서를 실패한 것은 오늘이 처음이었다. 그래서였는지 기분이 몹시 꿀꿀, 해졌다.

대신 나는 지난 기억 하나를 떠올릴 수 있었다. 바로 엄마에게서 오늘 아침만큼 아름다운 순간을 보았던 기억을. 나는 그것을 엄마의 눈을 낙서하다 떠올렸다.

내가 학교에 입학하던 해의 첫 날. 엄마와 나, 그리고 아빠는 부산으로 여행을 갔었다. 새해의 첫 날에 떠오르는 첫 해를 보기 위해서였다. 동시에 그것은 나의 가족의 첫 여행이기도 했다.

우리는 이른 아침 바닷가로 나갔다. 바다를 실제로 본 건 그때가 처음이었다. 하지만 기대만큼 멋있지 않았다. 모래사장에 사람들이 너무 많았으니까. 다들 뚱뚱한 옷을 입고 있어서였는지 모래사장은 더 발 디딜

틈 없이 느껴졌다. 그래서 나는 아예 눈을 감아 버렸다. 차라리 파도 소리만 듣는 게 더 나을 것 같았으니까. 하지만 아빠가 내 옆구리를 콕콕, 찌르는 바람에 나는 다시 눈을 떴다. 내가 졸고 있는 줄로 안 모양이었다. 나는 짜증스럽다는 눈으로 아빠를 째려보았다. 그런데도 아빠는 눈치 없이 해가 평소보다 조금 늦게 뜨는 것 같다고만 말할 뿐이었다. 나는 생각했다. 해가 이 많은 사람들 앞에 나오는 게 부끄러워 늦는가 보다고. 아니. 내가 해라면 그랬을 거라고 생각했다 말해야 맞겠다.

잠시 후, 바다 저 먼 곳에서 해가 서서히 이마를 내밀기 시작했다. 내가 그때껏 보아왔던 해의 이마보다 훨씬 더 붉고 뜨거운 게 꼭 아픈 사람의 그것 같았다. 해가 얼굴을 조금씩 드러낼 때마다, 사람들은 일제히 어떤 소리를 내질렀다. 기뻐하는 건지 슬퍼하는 건지 도무지 알 수 없는 소리들을. 나는 그 소리들이 싫었다. 그것 때문에 더 이상 파도 소리가 들리지 않았기 때문은 물론이었다. 하지만 그보다도, 그 소리들이 애매하기 때문에 더 싫었다.

그 와중에 아빠는 점퍼 사이에서 카메라를 꺼내들더니, 사람들 사이의 좁은 틈을 비집고 바다 가까이로 걸어 들어갔다. 나는 생각했다. 아빠가 해에게 최대한 가까이 가서 사진을 찍고 싶은가 보다고. 한편, 엄마는 아빠를 따라가지 않았다. 그저 내 옆에 가만히 서있기만 했다. 나는 또 생각했다. 엄마가 아빠보다 키가 더 크니까 굳이 해에게 가까이 가지 않아도 이미 잘 보이기 때문인가 보다고.

가만히 서있던 엄마가 갑자기 신발을 벗더니 발끝으로 모래를 스윽,

쓰다듬었다. 나도 엄마를 따라 신발을 벗고 발끝으로 모래를 스윽, 쓰다듬었다. 그런 나를 보며 엄마가 피식, 웃었다. 나도 엄마를 보며 피식, 웃었다. 엄마가 말했다.

"네가 뱃속에 있을 때, 엄마는 매일 바다를 보러 왔었어."

나는 발을 멈추고서, 왜 그랬었냐고 묻기라도 하듯 입술의 양 끝을 최대한 아래로 내리 깔았다. 물론 눈을 동그랗게 뜨는 것 또한 잊지 않고서. 그러자 엄마는 조심스레, 이렇게 대답했다. 바로 오늘 아침과 비슷한 정도의 아름다운 표정으로.

"왜냐하면 그때는, 엄마도 어렸거든."

나는 그 말이 무슨 뜻인지 지금까지도 도통 이해할 수 없다. 엄마가 어린 것과 바다를 보러 가는 게 무슨 상관인지도. 그리고 내가 보기엔 엄마는 아직도 어린데 그때는 얼마나 더 어렸다는 것인지도. 물론 내가 엄마를 어리다고 생각하는 데에는 분명한 이유가 있다. 내가 먹는 스니커즈도 아니고, 애들이나 먹는 밀크 초콜릿을 늘 가방에 넣고 다니는 것. 무엇보다도 내가 빌려온 만화책을 늘 몰래 훔쳐본다는 것. 그것도 내가 알아채지 못하도록 화장실 안에서 말이다. 하지만 나는 금방 알아챌 수 있었다. 엄마가 너무 오랫동안 화장실에서 나오지 않았으니까. 게다가 희미하게 킥킥, 대는 소리까지 들었으니까.

수업을 마치고는 곧장 집으로 돌아갔다. 그런데, 현관에 엄마의 구두가 놓여있었다. 이상했다. 평소 같았으면 엄마가 회사에 가있어야 할 시간이었으니까.

더 이상한 게 있었다. 엄마의 구두 옆에 처음 보는 구두 한 켤레가 더 놓여 있었다. 끈이 없었다. 오렌지색이었다. 오렌지 껍질을 수십 겹 겹쳐야만 나올 수 있을 것 같은 짙은 색이었다. 그렇다고 먹음직스러워 보이지는 않았다. 크기로 보아, 아빠의 것 같았다. 하지만 마냥 그렇다고 하기에는 어딘가 의아했다. 왜냐하면 내가 아는 아빠는 검정색과 회색이 아닌 것에 절대 살을 대지 않는 사람이었으니까.

나는 엄마의 방 가까이로 다가갔다. 열려있는 문틈으로 슬며시, 안을 들여다보았다. 그런데, 이상했다. 엄마가 훌쩍이고 있었다. 그것도 아빠가 아닌, 처음 보는 한 남자의 어깨에 기댄 채로.

내가 드르륵, 문을 미는 소리에, 남자가 내게로 고개를 돌렸다. 그때서야 남자의 얼굴이 제대로 보였다. 내가 보아온 사람들 중 가장 턱이 컸다. 그래서인지 입술과 코, 눈이 무척 작아 보였다. 그리고 젊었다. 아빠는 물론, 엄마보다도 더 젊어 보였다.

그런 그가 엄마의 등을 어루만져 댔다. 우는 아이를 타이르듯 부드럽고, 상냥하게. 한편 눈은 내게 맞춰져있었다. 나의 눈도 그에게 맞춰져 있었다. 나는 그가 무슨 생각을 하는지 알 수 없었다. 하지만 그는, 내가 무슨 생각을 하는지 아는 것 같았다.

남자가 자리에서 일어섰다. 키가 매우 컸다. 내가 물구나무를 서도 내 발이 그의 어깨까지밖에 닿지 못할 것 같았다. 팔뚝도 엄청 두꺼웠다. 팔뚝을 감싼 셔츠에 주름이 하나도 져 있지 않았던 것을 보면.

그런 그가 거울을 보며 턱을 한 번 주욱, 쓰다듬었다. 손바닥이 수염에 거슬리는 소리가 났다. 나는 그 소리가 정말 마음에 들지 않았다. 하지만 더 마음에 들지 않았던 것은 그의 입 모양이었다. 그 입 모양은 유치원 시절, 국진이라는 녀석이 반에서 가장 큰 풍선껌을 불어내고 난 뒤 짓는 그것과 비슷했으니까.

남자가 내게로 다가 왔다. 가까이 마주서니 키가 더 커 보였다. 내가 물구나무를 서도 내 발이 그의 거시기까지밖에 닿지 못할 것 같았다.

그런 그가 나를 내려다보았다. 나는 그를 올려다보았다. 나는 그가 무슨 생각을 하는지 알 수 없었다. 하지만 그는, 내가 무슨 생각을 하는지 아는 것 같았다.

남자가 떠나자, 방 안에는 엄마와 나 둘만 남았다. 엄마는 아무 말 없이 한동안 가만히 서있기만 했다. 나는 그런 엄마를 한동안 가만히 바라보기만 했다.

잠시 후, 엄마가 거실로 나갔다. 나도 엄마를 따라 거실로 나갔다. 엄마가 창가로 다가가 커튼을 활짝, 젖혔다. 그러자 보였다. 베란다에 세워진 아빠의 흰색 자전거가. 체인에 녹이 슬기 시작하고 있었다. 꼭 누런 이슬을 맞은 것처럼. 그래서였는지, 표정이 어딘가 서러워보였다.

나는 엄마에게 물었다. 조금 전 낯선 남자의 정체에 대해. 물론 내가 할 수 있는 최대한 눈을 얇게 하고서. 엄마는 잠시 머뭇대나 싶더니, 이렇게 대답했다.

"엄마 친구야."

그리고는 내게 배가 고프냐고 물었다. 말을 돌리려는 듯했다. 그래서 나는 아무 대답 않았다.

"엄마 좀 쉬어야겠다."

엄마는 말이 끝나기가 무섭게 자기 방으로 휙, 들어가 버렸다. 나는 한동안을 멀뚱멀뚱, 서있기만 하다가 빙, 주위를 둘러보았다. 문득, 무언가 이상했던 오늘 아침의 풍경이 떠올라서였다. 아침과는 달리, 모든 것이 원래대로 돌아가 있었다. 단, 벽에 걸린 십자가 빼고는. 웬 일인지, 평소보다 조금 더 반짝반짝, 빛나보였다.

나는 십자가 가까이로 다가섰다. 그리고는 처음으로 깨닫게 되었다. 나의 가족이 어디로 이사를 가든 항상 따라다니던 십자가의 몸통에 이런 글귀가 새겨져 있었다는 사실을.

서로 사랑하라

가만히 보고 있자, 엄마가 오늘 아침 내게 했던 말 한 마디가 떠올랐다. 바로 나를 사랑한다던 그 말 한 마디가. 문득, 궁금해졌다. 다름이 아니라, 사랑이 과연 무슨 뜻인지가. 물론 여기저기서 많이 듣고 보아온 단어였다. 가령 영화나 TV 드라마, 노래 등에서 말이다. 하지만 정확히 무슨 뜻이라고 설명하자면, 애매했다.

나는 곧장 책꽂이로 다가가 국어사전을 뽑아 들었다. 그리고는 'ㅅ'의 첫 부분을 펼쳐 한 장 두 장 뒤로 넘겼다.

얼마 지나지 않아, 나는 찾아냈다. 바로 사랑의 뜻을. 보아하니, 눈에 보이지 않는 마음 같은 것으로 무언가를 엄청나게 좋아한다는 뜻이었다. 그랬다. 내가 여기저기서 듣고 보아 애매하게나마 알고 있던 뜻과 별로 다르지 않았다.

그렇다면 하나님은 우리가 서로 엄청 좋아하길 바라고 있다는 얘기였다. 동시에 엄마는 나를 엄청 좋아하고 있다는 얘기이기도 했다. 하지만 여전히 어딘가 이상했다. 무엇보다도, 엄마가 몇 년 만에 갑자기 내게 사랑을 말했다는 게. 그것도 다른 날도 아니고, 하필 오늘과 같은 이상한 아침에 말이다.

나는 일단 소파로 가 앉았다. 그리고는 생각하고 또 생각했다. 물론 엄마가 오늘 아침 왜 내게 사랑을 말했을까를. 하지만, 생각하면 할수록 더 이상해졌다. 더 의아해졌다. 그렇다고 무엇이 어떻게 이상하고 또 의아한지 설명되는 것도 아니었다. 그저 머릿속에서 사랑이라는 단어가 엄마의 목소리로 계속 맴돌기만 할 뿐이었다.

나도 몰래 소파에서 졸아버린 사이, 밤이 찾아와 있었다. 불을 켜기 위해 몸을 일으키기가 귀찮아, 대신 TV를 켰다. 화면 위로 한 달 만에 살을 20kg이나 빼게 해준다는 약의 광고가 나왔다. 다른 곳으로 채널을 돌리자, 이번에는 자신들이 안전하다는 대출회사인지 뭔지 하는 곳의 광고가 나왔다. 나는 채널을 돌리고 또 돌렸다. 그런데도 계속 광고들뿐이었다.

채널을 조금 더 돌려보자, 마침내 광고가 아닌 것이 나왔다. 보아하니,

드라마인 것 같았다. 화면 위에 한 남자와 한 여자가 서있었다. 서로를 마주보는 둘의 눈빛이 꼭 조금 전 국어사전에서 본 사랑을 하고 있는 것 같아 보였다. 남자가 말했다.

"잘 모르시죠?"

그러자 여자는 이상하게도 입술을 후들후들, 거리며 되물었다.

"뭐… 뭘요?"

남자는 잠시 사이를 두고 대답했다.

"자신이 얼마나 아름다운지."

그리고는 여자에게 키스인지 뭔지를 하려는데 순간, 엄마가 갑자기 방에서 튀어 나왔다. 그 바람에 TV에서 눈이 절로 떼졌다. 그런데, 또 이상했다. 다름이 아니라, 엄마의 모습이. 어두워서 잘 보이지는 않았지만, 엄마가 웬 일로 짙은 화장에, 아주 말끔한 옷을 차려입고 있다는 것 정도는 확인할 수 있었다.

참 오랜만이었다. 화장을 한 엄마의 얼굴이 말이다. 예전에 방이 두 개, 그러니까 내 방 하나, 그리고 엄마와 아빠의 방 하나 이렇게 두 개 가 있던 집에 살 때, 엄마는 항상 화장한 얼굴로 나와 아빠에게 미소 짓 곤 했었다. 그때 엄마는 참 예뻤다. 특히 비스킷 색깔의 고운 원피스를 입고, 볼에는 옅은 분홍색 칠을 했을 때는 더더욱. 그럴 때면 나는 밖에 서 꽃 한 송이를 꺾어 엄마의 머리카락과 귀 사이에 슬며시, 끼워 넣어 주고 싶었다. 하지만 실제로 그렇게 할 수 없었다. 언제부턴가 엄마가 더 이상 화장을 하지 않았으니까. 그렇게 지금의 방이 세 개, 그러니까

니의 방, 엄마의 방, 그리고 아빠의 방 이렇게 세 개가 있는 집으로 이사를 오고 나서, 바로 어젯밤까지도. 그런데 어쩐 일인지, 엄마가 오늘 밤 갑자기 다시 화장을 했다.

"어디 가?"

엄마가 나와 잠시 눈을 맞추더니 아무 말 없이, 혹은 무언가 하고 싶은 말이 있지만 애써 하지 않으려는 듯 현관으로 다가갔다. 그리고는 한 손을 벽에 기대고서, 굽이 높은 구두를 하나씩 발에 끼워 넣었다.

"어디 가냐니까?"

엄마는 잠시 머뭇하더니, 이렇게 대답하고는 서둘러 집 밖으로 나섰다.

"슈퍼마켓."

나는 냉큼 시간을 확인했다. 10시 37분이었다. 아무래도 무언가 미심쩍어 후다닥, 베란다로 뛰어갔다. 아파트 현관을 내려다보았다. 은색 차 한 대가 서있었다. 다른 나라에서 만든 차 같았다.

잠시 후, 엄마가 아파트 현관으로 모습을 드러냈다. 동시에 은색 차에 짤랑, 불이 들어왔다. 그러자 보였다. 낮에 보았던 턱 큰 남자가 핸들을 붙잡고 있는 게. 물론 엄마는 그 차에 올라탔다. 그리고는 부르릉, 떠났다. 짙은 화장과 말끔한 옷차림으로, 오밤중에 슈퍼마켓에!

멀어져 가는 은색 차의 뒤꽁무니를 보며, 나는 생각했다.

화장한 여자의 말은 그대로 믿으면 안 되나 보다고.

여자는 쩨쩨하다

예전부터 나는 학교란 참 이상한 곳이라는 생각을 해왔다. 다름이 아니라, 멀쩡한 사람을 바보로 만드니까!

많은 것들이 그랬다. 그중 가장은 바로 '똥'이었다. 쉬는 시간에 화장실에 가서 똥을 싸는 것이 과연 잘못된 일인 건가? 그것이 과연 놀림받을만한 일인 건가? 그리고 지들은 뭐 똥 안 싸나? 게다가 내가 싸고 싶어서 쌌냐고. 나오니까 쌌지! 그런데 왜 다들 그리도 난리들이었던 건지. 하여간. 멀쩡한 사람을 바보로 만드는 것은 이번 학교 역시 마찬가지였다.

며칠 전의 일이다. 아이들은 평소처럼 조용했다. 선생님은 칠판에 '꿈'이라는 글씨를 적고 있었다.

잠시 후, 선생님이 아이들에게 한 명씩 돌아가며 자신의 꿈을 발표해보라고 했다. 한 아이가 자리를 박차며 일어서더니, 자기는 반기문 아저씨 같은 큰 단체의 리더가 되고 싶다고 말했다. 다른 한 아이는 스티브잡스 같은 CEO가 되고 싶다고 말했다. 선생님은 그 아이에게 CEO란 말도 다 알고 있다니 참 기특하다고 말했다. 순간, 또 다른 한 아이가 손을 들어 선생님에게 CEO가 무슨 뜻이냐고 물었다. 선생님은 얼굴을 붉혔다. 그리고는 다음 수업 시간에 알려주겠다며 다른 아이에게로 발표를 넘겼다. 볼에 주근깨가 난 여자 아이는 커서 김연아 선수처럼 뛰어난 스케이트 선수가 되고 싶다고 말했다. 다른 한 아이는 빌게이츠처럼 세계 최고의 부자가 되고 싶다고 말했다. 선생님은 그 아이에게 정말로 부자가 되면 자기에게도 멋진 집 한 채를 사달라고 말했다.

　재미없었다. 나는 그저 후비적후비적, 코만 후벼댔다. 후벼낸 코딱지를 동글동글, 말았다. 그리고는 틱, 내 앞자리 쌍가마 아이에게로 던졌다. 명중이었다. 나의 코딱지가 그 아이의 가마와 가마 사이에 정확히 꽂혔다! 그런데 그새, 교실이 조용해져 있었다. 목 뒤가 찌릿찌릿, 거렸다. 주위를 둘러보자, 모두가 나를 쳐다보고 있었다. 내 차례가 온 것이었다.

　나는 스르르, 자리에서 일어났다. 그리고는 생각했다. 과연 뭐라고 말하면 좋을지를. 음. 박지성 형처럼 못생겼지만 훌륭한 축구선수? 아니야. 아무리 훌륭하다지만 솔직히 너무 못생겼잖아. 아니면 원빈 아저씨처럼 잘생긴 킬러? 아니야. 잘생기면 뭐해. 잘못해서 칼이라도 한 방 맞으면 엄청 아플 텐데.

　생각하고 또 생각해보아도, 모두들 영 마음에 들지 않았다. 다름이 아니라, 내가 누구 같은 무언가가 되어야만 한다는 것 때문에. 왜냐하면 니는 그냥 '나'니까.

"저는…"

나는 말을 마저 이으려다 멈칫, 하고는 우선 주위를 살폈다. 온 아이들의 눈이 내게 집중되어있었다. 내 말을 들을 준비가 되어있어 보였다. 결국 나는 말을 마저 이었다.

"저는 아무도 되고 싶지 않습니다."

순간, 정적이 온 교실을 휘감았다. 이상했다. 아이들이 서로 눈빛을 주고받고 있었다. 동시에 입꼬리를 이리저리 씰룩, 거리기도 했다. 그리고 정확히 3초가 지나자, 갑자기 웃음바다가 되어 버렸다. 시간이 갈수록 웃음소리가 그치기는커녕, 오히려 점점 커져만 갔다. 침을 사방으로 튀기며 게걸스럽게 웃는 아이, 숨이 넘어갈 듯 목에 핏대를 세우며 고통스럽게 웃는 아이, 팔짱을 끼고 입꼬리만 씰룩거리며 얄밉게 웃는 아이 등 한 녀석 한 녀석 저마다 각자 다른 표정으로 웃고 있었다. 마침, 선생님이 교탁을 탁, 내려쳤다. 그리고는 아이들에게 조용히 하라고 일렀다. 단, 입가에 미소를 띤 채로.

나는 영문을 몰라 했다. 가만히 선 채로, 그저 얼굴만 붉혔다. 사실 몸까지 붉혔다. 나는 냉큼 내 옷 색깔을 확인했다. 그럼 그렇지. 역시나 붉은색 티셔츠였다. 그래서 나는 결심했다. 앞으로는 절대 붉은색 티셔츠를 입지 않겠다고. 대신 검은색 티셔츠만 입겠다고. 그래야 붉어지지 않을 테니까. 그래야 혹시나 내가 붉어지더라도 사람들에게 들키지 않을 테니까.

　잠시 후, 선생님이 내게 말했다.

"꿈은 꼭 가져야 한단다. 되도록 크게. 그래야 나중에 훌륭한 사람이 될 수 있거든."

　그리고는 이렇게 더 덧붙였다. 내가 훌륭한 사람이 되어야 우리나라가 살기 좋은 나라가 되고, 그래야 나중에 태어날 나의 아들딸들이 무럭무럭 잘 자랄 수 있을 것이라고.

　나는 그냥 자리에 앉아버렸다. 그리고는 생각했다. 대체 왜 웃어? 내가 그렇게 생각하는 데에는 다 나름의 이유가 있지 않겠어? 그런데 왜 그 이유를 아무도 물어봐 주지 않는 거지? 그리고 내가 꼭 훌륭한 사람이 되어야 하나? 게다가 아직 태어나지도 않은 내 아들딸들을 벌써부터 걱정해야 하는 건가? 나는 그딴 것들보다 오늘 당장에 즐겁고 행복해지고 싶은 것이 훨씬 더 간절한데! 그나저나 아이들은 벌써부터 그런 걱정들을 하고 있다는 건가? 그렇다면 혹시 내가 바보인 건가? 아니면 나빼고 다 바보인 건가? 아니다. 정말 바보는 내가 아니다. 바로 아이들이다. 틀림없다. 그런데도 또 나를 비웃는다면, 기필코 혼쭐을 내주고 말테다!

　그래서 요새 나는 일명 '수업 거부' 상태다. 더는 바보 아닌 바보가 되고 싶지 않아서다. 발표를 시켜도 자리에서 일어나지 않는다. 교과서도 들여다보지 않는다. 대신 줄기차게 낙서만 한다. 이참에 아예 낙서 전

용 노트까지 따로 만들어버렸다. 스니커즈 사먹는 돈을 아껴 24색 색연
필까지 샀다!

  오늘 내가 낙서한 것은 바로 심심한 순간. 나의 맞은편 두 번째 줄 자
리에 앉는 여자 아이에게서 본 것이었다.
  지난 2주간 내가 보아온 그 아이는 늘 말이 없었다. 가끔은 엎드려 잠
을 자기도 했다. 수업 시간에 발표도 하지 않았다. '꿈'을 발표할 때도
그 아이는 아무 말 않고 가만히 서있기만 했다. 쉬는 시간에도 다른 아
이들과 어울리지 않았다. 점심시간에도 밥을 혼자 먹었다.
  하지만 그보다도, 나는 그 아이의 눈 때문에 그 아이의 표정이 심심해
보였다. 특히 창밖을 멍하니 바라보고 있을 때면 더더욱. 왜냐하면 그
순간, 그 아이의 눈동자는 구멍이라도 난 듯 텅, 비어 보였으니까. 꼭 거
울 위에 비친 나의 눈처럼. 그러고 보니, 내가 나 아닌 다른 사람에게서
심심한 순간을 본 것은 오늘이 처음인 것 같다.
  나는 우선 그 아이의 턱이 뾰족한 얼굴 테두리를 낙서했다. 그리고는
그 아이가 창밖을 바라보는 순간을 기다렸다가 스샥스샥, 그 아이의 텅
빈 눈동자를 낙서했다.
  다음으로는 쌍꺼풀 없는 눈, 눈 아래로 얕게 진 그림자, 끝이 동그랗
게 솟은 코, 살짝 아래로 내려간 입꼬리까지 차례대로 하나 둘, 낙서해
나갔다.
  마지막으로 눈썹까지 내려온 앞 머리카락과, 어깨까지 내려온 채 조

금 헝클어진 옆 머리카락을 낙서할 차례였다. 그러나, 곧장 낙서하기엔 한 가지 문제가 있었다. 바로 옆 머리카락들 사이로 그 아이의 귀가 보일랑 말랑 하고 있었다는 것.

나는 한참을 고민했다. 그 아이의 귀를 옆 머리카락으로 덮어버릴지, 아니면 눈에 보이는 대로 보일랑 말랑하게 낙서해 넣을지를. 아무래도 보일랑 말랑하게 낙서하고 싶지는 않았다. 왜냐하면 그것은 애매하니까. 그렇다고 머리카락으로 아예 덮어버릴 수도 없었다. 왜냐하면 그것은 거짓이니까. 그렇다면 남은 방법은 단 한 가지뿐이었다. 바로 제대로 된 귀를 낙서하는 것.

나는 귀가 들어갈 공간을 남겨둔 채 머리카락을 낙서한 다음, 노트의 귀퉁이에다 이렇게 적어 넣었다.

머리카락 좀 귀 뒤로 넘겨봐

그리고는 글씨가 적힌 부분만 지익, 찢어 반으로 접은 다음 그 아이에게로 휙, 던졌다.

다행히도, 쪽지가 그 아이에게로 잘 전해졌다. 내용을 확인한 그 아이는 의아하다는 듯 쪽지와 나를 번갈아보았다. 그래서 나는 그 아이에게 머리카락을 귀 뒤로 넘기는 시늉을 해보였다. 하지만 그 아이는 여전히 의아하다는 듯 쪽지와 나를 번갈아 볼 뿐, 끝내 머리카락을 귀 뒤로 넘기지 않았다. 쩨쩨한 아이였다.

수업이 다 끝나자마자, 나는 가방을 챙겨 교실 밖으로 후다닥, 뛰어
나갔다. 나보다 먼저 나가버린 그 아이를 쫓아가기 위해서였다.

교문 밖으로 나선 후에야, 저만치에 그 아이가 보였다. 많은 아이들
속에서 그 아이를 찾는 일은 그다지 어렵지 않았다. 길 위에 홀로 서 있
는 사람은 그 아이 하나뿐이었으니까.

나는 후다닥, 횡단보도 앞으로 다가섰다. 그리고는 신호등이 초록불로
바뀌기를 기다렸다. 그 아이가 나의 맞은 편 길 위에 올라있어서였다.

하지만 신호등이 금방 바뀌지 않았다. 그새 그 아이는 점점 멀어지고
있었다. 그래서 하는 수 없이, 나는 무단횡단을 해버렸다.

잠시 후, 마침내 그 아이와 같은 길 위에 올라섰다. 나는 그 아이를 쫓
아 재빨리 걸음을 옮겼다. 하지만 길 위는 집으로 돌아가는 아이들과,
마중을 나온 부모님들로 붐벼 쉽게 앞으로 나아갈 수 없었다.

주변으로 아파트 단지가 보이기 시작할 즈음에서야, 그 아이와의 거
리가 웬만큼 가까워졌다. 아파트 단지는 학교를 사이에 두고 볼 때, 내
가 사는 곳과 반대 방향에 있는 곳이었다. 나는 그 아이가 그곳에 사나
보다 했다.

아파트 단지는 울타리에 둘러싸여 있었다. 울타리 너머로는 벚꽃나무
들이 줄지어 늘어서 있었다. 벚꽃나무에서는 벚꽃 잎들이 바람을 타고
선들선들, 떨어지고 있었다. 바닥으로는 사람들의 발에 짓밟힌 벚꽃 잎
들이 다닥다닥, 달라붙어있었다. 아름다웠다. 문득, 궁금해졌다. 다름이
아니라 그 순간, 벚꽃 잎들은 왜 아름다운 표정을 짓고 있던 건지가. 하

지만 아무래도 알 수가 없었다. 그저 애매하기만 했다. 분명 어떤 이유가 있었을 텐데도 말이다.

하지만 중요한 것은 그게 아니었다. 내가 벚꽃을 바라보느라 한 눈을 판 사이, 그 아이와의 거리가 도로 멀어져버려 있었다. 그새 그 아이는 아파트 단지로 들어가는 입구를 이미 지나쳐있었다. 나는 그 아이가 그곳이 아닌 다른 곳에 사나보다 했다.

나는 빠른 걸음으로 그 아이를 쫓았다. 그 아이는 앞만 보고 걸었다. 결코 뒤를 돌아보지 않았다. 그래서 나는 그 아이의 뒷모습밖에 볼 수 없었다. 그것도 등이 살짝, 굽어 있는 뒷모습을. 그러고 보니, 그 아이는 늘 펑퍼짐한 옷만 입고 다녔다. 어쩌면 그것 때문에 그 아이의 등이 굽어져 보이는 것 같기도 했다. 어쨌거나 나는 생각했다. 그 아이는 뒷모습으로 짓는 표정 역시 꽤나 심심해 보인다고.

조금 더 걷자, 길의 양 옆으로 2, 3층 높이의 주택들이 펼쳐지기 시작했다. 주택들 사이로는 좁은 골목들이 서로 엉켜있었다. 그 아이는 왼쪽 골목으로 한 번, 오른쪽 골목으로 한 번, 몸을 꺾으며 걸어갔다. 나는 조금 더 빠른 걸음으로 그 아이를 쫓았다. 하지만 끝내, 그 아이를 붙잡을 수 없었다. 그 아이가 갑자기 골목 왼쪽에 있던 파란색 쪽문 너머로 휙, 들어가 버렸으니까.

나는 문 가까이로 다가가 보았다. 살짝, 열려있었다. 주위를 둘러보자, 길가에 의자를 내놓고 앉아 햇볕을 쬐고 있는 흰머리 할아버지 외엔, 아무도 없었다. 고민됐다. 물론 파란색 쪽문 너머로 발을 들일지 말지

가. 나는 까짓 거, 잠깐만 들여 보기로 했다.

안으로 들어가자, 작은 정원이 펼쳐져 있었다. 위로는 나무 한 그루만 홀로 덩그러니 박혀있었다. 몇 살인지는 몰라도, 키가 꽤 컸다. 가지에서 초록색 싹들이 꿈틀꿈틀, 머리를 내밀고 있었다.

집은 1층짜리였다. 아담한 크기에 벽돌로 되어있었다. 군데군데 금이 자글자글, 가 있었다. 아마도 지은 지 꽤 오래 돼서 그런 것 같았다.

밖으로는 창문이 두 개 나있었다. 하나는 유리가 넓고 높은 게, 거실에서 난 것 같았다. 다른 하나는 거실에서 난 것보다 조금 작은 게, 방에서 난 것 같았다.

나는 우선 거실에 난 창문으로 다가섰다. 그리고는 슬쩍, 너머를 들여다보았다. 하지만 햇볕만 노랗게 달아올라 있었을 뿐, 아무도 보이지 않았다.

다음으로는 방에 난 창문으로 다가섰다. 살짝 열려있었다. 내 얼굴이 비집고 들어가기엔 조금 좁아 보이는 크기였다. 하지만 아쉽게도, 너머를 들여다볼 수 없었다. 파란색 커튼에 가려져있어서였다.

나는 한 손을 들었다. 그리고는 조심스레, 파란색 커튼을 젖혀냈다. 마침내 너머의 모습이 보이기 시작했다. 하지만 하얀 이불로 덮인 침대, 그리고 책 몇 권이 놓인 책상만 있었을 뿐, 아무도 보이지 않았다.

나는 거북이처럼 목을 길게 빼고는, 까치발을 들어 너머를 자세히 들여다보았다. 역시나 아무것도 보이지 않았다. 순간, 이불이 살짝 들썩였다. 그래서 나도 몰래 움찔, 했다. 목이 절로 도로 집어넣어졌다. 하지만 다행히도, 까치발까지 내려지는 않았다.

나는 다시 목을 길게 빼고는, 침대 위를 조금 더 자세히 살펴보았다. 침대 머리 쪽에서 얼핏, 무언가를 본 것 같아서였다. 알고 보니, 그 아이의 발이었다. 작았다. 통통했다. 그런데, 발톱들이 모두 파란 색이었다.

나는 높이 솟은 엄지발가락부터 수평으로 천천히 눈을 옮겼다. 하얀 이불 위로 굴곡이 져있었다. 꼭 눈이 내린 겨울 산 같았다. 이불 끝은 굵은 주름들로 무성했다. 주름과 주름이 맞닿은 곳에는 계곡 같은 게 파여 있었다. 그 사이로는 그림자가 져있었다. 그리고, 나는 또 움찔, 했다. 그림자 속에서 무언가 반짝, 이는 것을 보아서였다.

나는 목을 더 길게 빼고는 그림자 속을 자세히 살펴보았다. 그런데도 잘 보이지 않아, 눈을 얇게 떠보았다. 초점을 하나로 모아 보기도 했다. 그때서야 서서히 뚜렷해졌다. 동시에 점점 크게 들어찼다. 그림자의 가장 검고 깊은 곳에 숨어 있는, 바로 그 아이의 구멍 난 눈동자가. 나는 그것을 바라보고 있었고, 그것도 나를 바라보고 있었다. 내가 소리쳤다.

"너."

하지만 그 아이는 아무 대답이 없었다. 내가 다시 소리쳤다.

"너!"

하지만 그 아이는 여전히 아무 대답이 없었다. 나는 다시 소리치려다, 말았다. 그래봤자 아무 대답도 듣지 못할 것 같아서였다. 무엇보다도, 그 아이를 뭐라고 불러야 할지 몰라서였다. 모르긴 몰라도, 그 아이의 이름이 분명 너, 는 아닐 것이었으니까.

대신 나는 조금 전보다 더 세게 그 아이를 쏘아 보았다. 그러면 그 아이가 내 눈빛에 따끔해하고는 으악, 하며 비명이라도 지를 것 같아서였다. 하지만 그 아이는 끝내, 아무 소리도 내지 않았다. 그저 스륵, 이불 속으로 모습을 감추기만 했다. 그래서 나는 하는 수 없이, 걸음을 옮겼다. 내일 학교에서 보면 그만이었다.

집으로 돌아와 다시 생각해보니, 그 아이는 쩨쩨해도 너무 쩨쩨한 것 같다. 수업 시간에 귀를 보여주지 않은 것은 물론이다. 집까지 찾아가 소리쳐 부르기까지 했는데 아무 대답도 안 해줬다! 그렇다. 그 아이는 오늘 내게 실수한 것이다.

나는 어떻게든 그 아이의 귀를 낙서하고야 말 것이니까.

여자는 배가 아프면 학교에 가지 않아도 된다

하필 오늘, 그 아이가 학교에 나오지 않았다. 선생님에게 물었더니, 이런 대답이 돌아왔다.

"배가 아프다고 하더라."

어이가 없었다. 그까짓 배 아픈 거 가지고 학교를 안 나왔다니까. 내가 물었다.

"저도 배 아프면 학교 안 나와도 되요?"

하지만 선생님은 아무 대답 않았다. 이상하게도 그저 히히덕, 거리기만 했다. 어쨌거나 나는 그 아이의 이름을 알아낼 수 있었다. '리아'였다.

수업이 다 끝나자마자, 나는 곧장 리아의 집으로 뛰어갔다. 나는 기억력이 꽤 좋은 것 같았다. 한 번도 헤매지 않고 바로 그녀의 집을 찾아냈으니까.

다행히도 리아의 집 파란색 쪽문이 어제처럼 살짝, 열려있었다. 그래서 나는 폴짝, 문 너머로 걸음을 옮겼다.

나는 리아의 방 창문 앞에 섰다. 그리고는 파란색 커튼을 슬쩍, 젖혔다. 다행히도 그녀가 보였다. 또 침대에 누워있었다. 정말로 배가 아픈지 싶기도 했다. 하지만 잠에 든 것 같지는 않았다. 눈을 뜨고 있었으니까.

나는 입을 크게 벌려 그녀를 부르려다 멈칫, 했다. 어제처럼 아무 대답도 듣지 못할 것 같아서였다.

결국 나는 조심스레, 걸음을 옮겼다. 바로 그녀의 집 현관문을 향해. 운 좋게도, 문이 열려있었다.

안으로 들어가자, 거실이 나왔다. 햇볕으로 노랗게 달아올라 있었다. 벽지가 우유색이었다. 가구들 역시 우유색 혹은 옅은 갈색이었다. 그래서인지, 무척 따뜻해보였다.

소파 뒤에는 큰 액자 하나가 걸려있었다. 그 안에는 리아와 그녀의 부모님으로 보이는 사람들의 모습이 담겨있었다. 모두가 미소를 짓고 있었다. 그래서 무척 따뜻해보였다. 나는 생각했다. 그녀는 참 화목한 가정에서 살고 있는 것 같다고.

나는 리아의 방 문 앞에 다가섰다. 그리고는 슬며시, 문을 열었다. 방 안에 푸르스름한 빛이 감돌고 있었다. 그녀는 여전히 침대에 누워있었다. 아직 내가 들어온 줄 모르고 있는 것 같았다.

내가 에헴, 기침 소리를 내고 나서야 그녀가 스르르, 고개를 들었다. 그리고는 마침내, 내가 와있는 것을 확인했다. 내가 말했다.

"안녕?"

순간, 리아의 눈이 휘둥그레졌다. 꽤나 놀란 것 같았다.

“배 많이 아파?”

리아는 나를 위아래로 멀뚱멀뚱, 쳐다만 볼 뿐 아무 대답 않았다. 내가 조금 전 질문을 다시 물었지만, 여전히 아무 대답 않았다. 그저 다시 한 번, 그것도 조금 전보다 천천히, 또 자세히 나를 쳐다보기만 할 뿐이었다.

“꺼져.”

드디어 리아의 입에서 어떤 말이 나왔다! 비록 좋은 뜻의 말은 아니었지만. 어쨌거나 나는 그녀의 말대로 할 수 없었다. 꺼져도, 그녀의 귀만큼은 확인하고 나서 꺼져야 했다.

나는 방 안 깊숙이 걸어 들어갔다. 동시에 코를 킁킁, 거리기도 했다. 엄마가 아닌 다른 여자의 방에 들어간 것은 오늘이 처음이어서였다. 가지런히 정돈된 모습하며, 그 위로 내려 앉아있는 곱고 차분한 향기하며, 여자 방은 남자 방과 무언가 달라도 확실히 달랐다. 내가 말했다. 여자의 향기를 콧속 가득 머금은 채로.

“으음. 이게 여자 냄새구나.”

리아가 나를 못 볼 것이라도 본 듯한 얼굴로 쳐다보았다. 내가 물었다.

“그런데 너 정말 배 아파서 학교 안 온 거야?”

리아는 잠시 사이를 두고 대답했다.

“응.”

“그럼 나도 배 아프면 학교 안 가도 되는 건가?”

“아니.”

“왜?”

“넌 남자잖아.”

“그런데?”

“아무튼 남자는 안 돼.”

“그러니까 왜?”

하지만 리아는 끝내 대답을 않았다. 역시 쩨쩨한 아이였다. 어쨌거나 나는 생각했다. 여자는 배가 아프면 학교에 안 가도 되는 건가 보다고. 그리고 왜인지는 모르지만 남자는 배가 아파도 학교에 가야하나 보다고. 그러자 부러워졌다. 동시에 나도 여자가 돼보고 싶어졌다. 단, 학교를 가기 싫은 날에만. 리아가 말했다. 이상하게도 눈을 부릅, 뜨면서.

“어쨌든 꺼져.”

물론 나는 결코 꺼지지 않았다. 그나저나 어딘가 낯이 익은 순간이었다. 그러니까 조금 전 리아가 내게 눈을 부릅, 뜨고는 다짜고짜 짜증을 냈던 순간이. 나는 지난 기억들을 휘리릭, 되감아 보았다. 그리고는 결국 떠올려냈다. 내가 그녀에게서 보았던 순간이 언젠가 엄마에게서 보았던 순간과 비슷, 아니, 거의 똑같다는 사실을. 내가 물었다.

“너 오늘 달걀 낳았지?”

리아가 갸우뚱, 하다는 표정으로 나를 바라보았다. 내가 다시 묻자, 그녀는 이렇게 되물었다.

“갑자기 달걀은 무슨 달걀이야.”

“있잖아. 하얗고 돌돌 말린 게 꼭 달걀 같이 생긴 거.”

그리고는 이렇게 더 덧붙이려다 멈칫, 했다.

"노른자 대신 빨간자가 있는."

왜냐하면 나의 말에 리아가 이상하게도 얼굴을 화들짝, 붉히고는 이불 속으로 쉬릭, 도망가 버렸으니까.

"뭐 이런 애가 다 있어."

"칭찬이야?"

하지만 리아는 아무 대답 않았다. 나는 그런 그녀의 옆으로 바짝 다가갔다. 그리고는 접힌 이불 사이로 그녀를 슬쩍, 들여다보았다. 눈이 감겨져 있었다. 숨을 새근새근, 쉬고 있었다. 그새 잠에 들어버린 것 같았다.

나는 한 손을 들어 리아가 덮고 있던 이불을 슬며시, 젖혀보았다. 헝클어진 머리카락 사이로 그녀의 귀가 빼꼼, 튀어 나와 있었다. 하지만 여전히 보일랑 말랑 애매했다.

하는 수 없이, 나는 나머지 한 손도 들었다. 그리고는 그녀의 귀를 가리고 있는 머리카락들을 조심스레, 들춰냈다. 순간, 그녀가 내게로 고개를 휘릭, 돌렸다. 그녀가 말했다.

"너 지금 뭐하는 짓이냐?"

"봐야 해서."

"뭐를?"

"귀."

"누구 맘대로?"

"내 맘대로?"

리아는 어이없다는 듯 푹, 한숨을 내쉬었다. 내가 말했다.

"딱 1분만 보여줘. 그럼 바로 나갈게."

"대체 왜 봐야하는데? 너는 귀 없냐?"

나는 잠시 사이를 두고 말을 이었다.

"네 귀여야 해."

리아는 답답하다는 듯 왜 하필 자기 귀여야 하냐고 되물었다.

"이거 완성해야 하거든."

나는 가방에서 노트를 꺼내고는, 리아에게 낙서가 있는 페이지를 보여주며 말했다.

"거기 빈자리에 네 귀를 낙서할 거야. 멋있겠지?"

리아는 한동안 가만히 낙서만 들여다보았다. 그런데, 표정이 어딘가 언짢아 보였다. 나는 생각했다. 그녀는 내가 낙서한 자기 모습이 그다지 마음에 들지 않나 보다고.

"누가 허락 없이 나 그리래?"

의외의 반응이었다.

"허락 받아야 돼?"

"당연하지. 초상권 몰라?"

나는 움찔, 했다. 다름이 아니라, 처음 들어보는 단어여서였다. 하지만 절대 모르는 티를 내고 싶지 않았다.

"알지. 그거 되게 세잖아. 너 그거 할 줄 알아?"

태극권처럼 무슨 무술이름인가 싶어서였다. 리아는 갸우뚱, 하다는 듯 나를 바라보고는 다시 낙서로 눈을 돌렸다. 그리고는 잠시 후, 이렇게 물었다.

"나 왜 그런 건데?"

나는 고민도 않고 바로 대답했다.

"심심해보여서."

순간, 리아의 눈살이 찌푸려졌다.

"그걸 네가 어떻게 알아?"

"딱 보면 알지."

리아는 여전히 눈살을 찌푸리고 있었다. 어쨌거나 나는 말을 마저 이었다.

"왜냐하면 나도 그렇거든."

말을 마치고 나자 불쑥, 쑥스러운 기분이 밀려들었다. 아무래도 내가 누군가에게 심심하다고 말해본 게 처음이라 그런 것 같았다. 리아가 말했다.

"이거 나 줘."

"갖고 싶어?"

"아니. 네가 내 얼굴을 가지고 있는 게 싫을 뿐이야."

나는 잠시 고민했다. 아무래도 줘도 상관없을 것 같았다. 다만, 한 가지 조건이 있었다.

"알겠어. 대신 귀 다 낙서하면 줄게."

리아는 한동안 말을 잇지 않았다. 참다못한 내가 먼저 입을 열었다.

“보여줄 거지?”

리아가 내게 낙서를 되돌려주며 대답했다.

“나중에 보여줄게.”

“지금 보여줘.”

“안 돼. 나중에.”

“그럼 언제?”

“내일.”

내가 왜 하필 내일이냐고 묻자, 리아는 이렇게 대답했다. 헝클어진 머리카락을 가다듬으면서.

“오늘은 상태가 영 아니거든.”

내가 보기에는 평소와 별로 다른 것이 없었는데도 말이다. 내가 말했다.

“약속해 그럼.”

그리고는 리아에게 새끼손가락을 스륵, 내밀었다. 그녀는 잠시 생각에 잠기나 싶더니 끝내, 새끼손가락을 들어 내 새끼손가락에 걸었다. 그런데, 이상했다. 그녀의 새끼손톱이 파란색이었다. 심지어 나머지 9개 손톱들도 죄다 파란색이었다. 그러고 보니 그녀의 집 쪽문, 창문의 커튼, 그리고 발톱까지 모두 파란색이었다. 나는 생각했다. 그녀는 파란색을 좋아하나보다고. 그것도 엄청나게!

어쨌거나 리아의 약속을 받아낸 나는 자리에서 일어났다. 그리고는 문을 열고 나가려다 멈칫, 했다.

"리아 맞지?"

"응."

나는 문 밖으로 한 걸음 두 걸음, 내딛으며 말했다.

"기노."

리아가 갸우뚱하다는 듯 나를 바라보았다.

"내 이름이야."

그러자 리아는 몸을 스르르, 침대에 누이며 이렇게 대답했다.

"알고 있어."

친구가 생기면 걸음이 가벼워진다

교실에 도착하고는 곧장 리아에게 귀를 보여 달라고 말했다. 하지만 그녀는 아무 대답 않았다. 쉬는 시간에도 마찬가지였다. 수업 중에 쪽지도 보내 보았다. 하지만 그녀는 읽어 보지도 않았다. 심지어 나와 눈도 마주치지 않았다. 나는 결국 자존심인지 뭔지 하는 것이 상해버렸다. 끝내 화까지 났다. 그래서 그까짓 귀, 낙서하지 않기로 해버렸다!

수업을 마치고 집으로 돌아가는 길. 리아가 내게로 슬그머니, 따라붙었다. 나의 집은 학교에서 걸어서 십 분 정도가 걸렸다. 그동안 그녀는 계속 나를 따라왔다. 나는 생각했다. 이제야 그녀가 내게 조금 미안한 마음이 드나 보다고. 그렇다고 그녀를 용서할 생각은 조금도 없었다!

"봄 좋아해?"

리아가 길가 주변으로 자란 풀들과 나무들을 바라보며 말했다. 처음 받아보는 질문이었다. 그래서 나는 한번 곰곰이 생각해보고는 이렇게 대답했다.

"몰라."

그러자 리아는 내가 묻지도 않은 것들을 알아서 마구 늘어놓기 시작했다.

"나는 봄이 싫어. 땅에서 풀이 불쑥불쑥 올라오고, 싹이 나고. 그것도 온통 초록으로. 으. 무섭지 않냐?"

알고 보니, 말이 많은 아이였다. 어쨌거나 나는 그 질문에 이렇게 대답했다.

"무섭긴 개뿔. 네가 더 무섭다."

단, 소리 없이.

저만치에 내가 사는 아파트가 보일 때쯤, 리아가 말했다.

"학교에서 나 아는 척 하지마."

뜬금없는 말이었다. 내가 왜냐고 묻자, 리아는 이렇게 대답했다.

"곧 알게 되겠지만, 내 별명이 또라이거든."

"그런데?"

"자꾸 나 아는 척 하면 아이들이 너까지 또라이라 부르게 될 거야."

나는 생각했다. 그것이 조금 전 교실에서 그녀가 내게 아무 반응 않았던 이유였나 보다고. 어쨌거나 중요한 것은 그게 아니었다. 내가 말했다.

"그래서 귀 보여줄 거야 말 거야?"

"보여줘야지. 약속했으니까."

"그럼 빨리 보여줘."

“그런데, 여기서 말고.”

“왜?”

“쑥스럽잖아. 사람도 많고.”

“그럼 어디?”

“우리 집.”

나는 생각했다. 여자는 참 귀찮은 생물인 것 같다고. 그래도 하는 수 없었다. 낙서를 완성하려면 말이다.

나는 리아의 집으로 들어서자마자 말했다.

“빨리 보여줘.”

하지만 리아는 아무 대답 않고 화장실로 휙, 들어가 버렸다.

나는 일단 소파로 가 앉았다. 그리고는 가방에서 노트와 연필을 꺼냈다. 낙서 속 리아의 머리카락 사이로 귀를 위한 자리가 여전히 비어져 있었다. 가슴이 두근두근, 댔다. 드디어 귀를 낙서할 수 있겠다는 생각에. 모르긴 몰라도, 내가 여태 낙서해온 것들 중 가장 만족스러운 것이 나올 것 같았다.

잠시 후, 리아가 화장실에서 나왔다. 그런데, 낯설었다. 내가 알던 그녀가 아닌 것 같았다. 머리카락이 뒤로 활짝, 넘겨져 있었다. 흘러내리지 않도록 끈으로 질끈, 묶여져 있었다. 그래서 그녀의 두 귀가 또렷이 보였다. 가느다란 목까지 훤히 보였다. 그런 그녀가 내게로 다가오다 갑자기 멈칫, 했다. 그 바람에 나는 나도 몰래 움찔, 했다.

리아가 몸을 돌려 부엌으로 갔다. 냉장고에서 무언가를 꺼내려는지 싶었다. 멋쩍어진 나는 괜히 그녀의 집을 주욱, 둘러보았다. 그러고 보니, 그녀의 집은 나의 집과는 어딘가 많이 다른 것 같았다. 따뜻해 보이는 분위기외에도 말이다.

"방이 두 개네?"

나도 몰래 이런 말이 튀어나와 버렸다.

"응. 왜?"

리아가 내게 오렌지 주스 한 잔을 건네며 말했다. 나는 냉큼 한 모금 들이켰다. 그리고는 주스가 목구멍으로 다 빨려 들어갈 때까지 그녀의 질문에 할 대답을 고민했다.

'우리 집에는 방이 세 개가 있단다. 왜냐하면 엄마와 아빠가 한 방을 쓰지 않고 있거든.'

하지만 나는 절대로 그렇게 대답하고 싶지 않았다. 그렇다고 달리 할 대답이 있는 것도 아니었지만. 어쨌거나 나는 고민 끝에, 결국 이렇게 대답했다.

"아무것도."

리아가 내가 앉아있던 소파로 다가오며 말했다.

"나는 알지."

"뭐를?"

"네가 아무것도, 라고 말하는 이유."

말을 마친 리아가 내 옆으로 와 앉았다. 나는 오렌지 쥬스를 한 모금 더 들이키고는 그녀가 정말 아는지 떠볼 마음으로 물었다.

"뭔데?"

그런데, 나를 바라보는 리아의 눈이 심상치 않았다. 영화 속의 강력한 악역처럼 모든 것을 꿰뚫고 있는 사람의 눈이었다. 그런 그녀가 바닥에 닿아있던 두 발을 소파 위로 들어 올렸다. 그리고는 내게로 스르르, 몸을 돌리며 말했다.

"그건 네가 나를 무시하고 있기 때문이지."

의외의 대답이었다.

"아니야. 나 너 무시하지 않아."

사실이었다. 나는 결코 그녀를 무시하지 않았다. 단지 나의 집 이야기를 일일이 늘어놓기가 귀찮았을 뿐이었다. 굳이 알리고 싶지 않았을 뿐이었다. 알려도, 화목한 가정에 살고 있는 그녀가 나를 이해하지 못할 것이 빤하다고 생각했을 뿐이었다. 리아가 말했다.

"건방진 놈."

그리고는 내 손에 들려있던 낙서를 휙, 채가더니 이렇게 말을 이었다.

"잘 그려서 봐준다."

그 누구보다 내가 가장 잘 아는 사실이었다. 그래서 나는 아무 말 않았다.

리아가 내게 낙서를 돌려주고는 삐져나온 잔 머리카락들을 귀 뒤로 넘겼다. 그러자 그녀의 아담한 이마가 햇빛에 반짝, 였다. 그래서 뭐. 조금 눈부셨다.

나는 연필을 들어 종이 위에 가져다 댔다. 동시에 리아의 귀 생김새를 확인하고 또 확인했다. 크기가 생각보다 작았다. 한편 귓불은 꽤나 통통했다. 모습이 꼭 만두 같았다. 문득, 이런 저런 궁금증들이 꼬리에 꼬리를 물고 떠올랐다. 무슨 맛일까? 정말로 만두 맛이 날까? 아니면 귀 맛이 날까? 그나저나 귀 맛은 무엇일까? 이참에 한번 직접 맛을 봐볼까?

"얼른 안 그리고 뭐해?"

리아의 말에 나는 다시 귀를 낙서하는 데에 집중했다.

리아의 귀를 낙서하는 일은 어렵지 않았다. 그래서 얼마 걸리지 않고 바로 다 낙서할 수 있었다.

하지만 다 완성됐다고 말하기에는 한 가지 문제가 있었다. 바로 그녀의 귀 크기가 생각보다 작은 바람에, 낙서 속 귀 주위로 빈 공간이 남아버렸던 것. 나는 그곳에 머리카락을 더 낙서해 넣어야만 정말로 다 완성됐다고 말할 수 있을 것 같았다. 내가 말했다.

"머리 좀 다시 풀어봐."

리아가 묶여있던 머리카락을 다시 스르르, 풀었다. 그리고는 고개를 양쪽으로 한 번 두 번, 번갈아 저었다. 머리카락이 선들선들, 흔들렸다. 그럴 때마다 어떤 향기가 났다. 은은한 향기였다. 꼭 비가 내린 뒤의 풀 냄새 같은. 그래서 뭐. 조금 향기로웠다.

하지만 또 문제가 있었다. 다름이 아니라, 머리카락이 다시 귀를 다 덮어버린 것. 하는 수 없이 나는 한 손을 들었다. 그리고는 가져다 댔다.

바로 리아의 귀가 숨어있는 곳으로.

나는 손가락으로 그녀의 머리카락을 슬쩍, 귀 뒤로 넘겼다. 귀가 훤히 다 보이도록 말이다. 그런 나를, 그녀가 가만히 바라보고 있었다. 그런데, 이상했다. 다름이 아니라, 그녀의 눈이. 구멍이 난 듯 텅, 비어있던 그녀의 눈동자가 순간, 무언가로 채워진 것만 같았다.

잠시 후, 마침내 낙서가 다 완성됐다. 역시나 내 예상이 맞았다. 여태 내가 해온 낙서들 중 가장 만족스러웠다.

나는 낙서 아래에다 나의 사인을 넣었다. 그리고는 약속한대로 리아에게 건네주었다. 그녀는 한동안 가만히 낙서를 들여다보더니, 이렇게 말했다.

"찢어버리려고 했었는데, 안 되겠다."

볼 일을 다 본 나는 현관으로 향했다. 신발을 대충 꾸겨 신었다. 그리고는 한 발을 앞으로 내딛었다. 그러나, 나머지 한 발은 내딛을 수 없었다. 신발장 위에 놓여있던 무언가와 눈이 마주쳐서였다. 바로 DVD. 제목이 〈공기 인형〉이었다. 처음 보는 영화였다. 내가 말했다.

"이거 재밌어?"

리아가 갸우뚱, 하다는 듯 나를 바라보았다. 나는 DVD를 집어 들어 보였다. 그때서야 그녀가 대답했다.

"몰라. 어제 빌려온 건데 아직 안 봤어."

"너 영화 좋아해?"

"응. 너는?"

나는 대답 없이 고개만 끄덕, 였다.

"보고 가든가."

어차피 시간도 많은데 보고 가는 것도 나쁠 것 같지 않았다. 그래서 나는 못 이기는 척 신발을 다시 벗었다. 그리고는 집 안으로 몸을 들이 려는데, 그녀가 말했다.

"아님 먼저 보고 갖다 줘도 되고."

하지만 내가 이미 몸을 다 들인 후였다. 멋쩍어진 나는 애꿎은 머리만 벅벅, 긁었다. 반면 리아는 샐쭉, 미소 짓더니 DVD를 들고 TV쪽으로 다가갔다.

영화를 한참 보고 있던 중, 리아가 내게 물었다.

"너 저걸 다 이해하면서 봐?"

"아니. 그냥 가만히 보고 있는 거야."

리아가 나와 잠시 눈을 맞추고는 이렇게 말했다.

"나도."

듣기 좋은 말이었다.

영화가 끝나고, 리아와 나는 그동안 각자가 보아온 영화들에 대해 이 야기를 나누었다. 그녀가 좋아하는 영화들과 내가 좋아하는 영화들은 대부분 서로 달랐다. 하지만 한 가지, 끔찍이 싫어하는 영화 하나만큼은 그녀와 내가 서로 똑같았다. 바로 해리포터 시리즈들.

"맞아. 그 영화는 말도 안 돼."

꼬맹이들이 빗자루를 타고 하늘을 돌아다니는 것하며, 주인공 이마 위에 어설프게 난 번개 자국하며, 그 위로 번쩍번쩍 빛나는 유치한 효과하며, 푸석한 나뭇가지 하나를 들고 뭐라고 알 수 없는 말을 지껄여 대면 뿜어져 나오는 레이저 광선하며, 하나같이 죄다 말도 안 되는 장면들로 가득한 해리포터 시리즈에 대한 생각은 그녀와 내가 서로 똑같았다. 심지어, 조금 창피한 사실 하나마저도. 내가 말했다.

"나 사실 정말 되나 해서 따라해 본 적 있어."

"혹시 나뭇가지를 들고 허공에 주문 외우는 것?"

"너도?"

"응. 나도."

역시나 듣기 좋은 말이었다. 나도 몰래 피식, 했다. 리아도 나처럼 피식, 했다. 그리고 그렇게, 리아와 나는 웃어버렸다.

그래서였는지 집으로 돌아오는 길, 걸음이 왠지 모르게 가벼웠다.

남자로 사는 것은 여러모로 불공평하다

엄마는 오늘도 화장한 얼굴로 늦은 시간에 집을 나섰다. 그리고는 턱 큰 남자의 차에 올라타 어딘가로 부르릉, 떠나버렸다.

그 장면을 보고 있자니 문득, 궁금해졌다. 출장을 떠나있는 아빠가 과연 이러한 사실들을 알고 있을 런지가.

아빠의 갑작스런 출장에 대해 나는 몇 가지 의문을 품고 있었다. 크게 세 가지였다. 첫째, 왜 아빠가 갑자기 출장을 떠난 것인지. 둘째, 왜 내게 아무 말도 않고 떠난 것인지. 셋째, '멀고도 가까운 곳'이란 대체 어디인지.

나는 딱히 무어라고 답을 내릴 수가 없었다. 나의 물음에 엄마가 대답을 얼버무리거나, 아예 피해버렸기 때문은 물론이었다. 하지만 그보다도, 내가 아빠에 대해 아는 것이 거의 없다는 게 더 큰 이유였다.

내가 아는 아빠의 모습은 고작 두 가지뿐이다. 하나는 늦은 밤, 가끔씩 술에 취해 내 방에 들어와 자기 이야기를 이러쿵저러쿵, 거릴 때의 모습. 사실 아빠가 하는 이야기의 대부분은 내가 별로 궁금해 하지 않는 내용들이었다. 가령 아빠의 과거 이야기 같은 것들. 예를 들면, 아빠가 '국민학교'라는 곳에 다니던 시절, '앞으로 앞으로'라는 노래를 즐겨 불렀는데, 가사가 정확히 기억나지는 않지만, 대략 지구는 둥그니까 앞으로 걷다보면 흑인, 백인, 인디언 등 온갖 나라의 사람들을 다 만날 수 있고, '푸하핳하핳하핳하' 이렇게 막 웃어대면 그 소리가 달나라로 간다는 식의 터무니없는 이야기. 혹은 아빠가 처음으로 쓴 장편 소설이 서점에서 다른 누군가에게 읽히고 있을 때 느낀 설렘 따위의 이야기. 별로 재미없었다. 하지만 아빠의 목소리만큼은 정말 좋았다. 특히 어둠 가운데, 낮고 두꺼운 목소리로 내 머리를 베어줄 때는 더더욱.

다른 하나는 아빠가 '작업'을 할 때의 모습. 정확히 말해, 나는 아빠가 작업을 할 때의 모습을 제대로 본 적이 없다. 방이 두 개인 집에 살 때 아빠는 도서관으로 가 작업을 했었고, 방이 세 개인 집으로 이사를 와서는 자기 방에서 문을 잠그고는 작업을 했었으니까.

그러고 보니 아빠가 출장을 떠나기 며칠 전, 나는 몰래 아빠 방에 들어가 본 적이 있었다. 마침, 아빠가 잠시 자전거를 타러 나가고 없어서였다. 하지만 그보다도, 아빠가 하는 작업의 정체가 너무도 궁금해서가 더 컸다.

방 안으로 들어서자 쾨쾨한 냄새가 버럭, 코를 찔렀다. 책상 위에는 펜과 구겨진 종이들이 이리저리 뒹굴뒹굴, 대고 있었다. 나는 그중 하나를 슬며시, 펼쳐 보았다. 무언가 재미있는 이야기가 적혀있기를 기대하면서. 하지만 종이 위엔 얼기설기 얽힌 구김 자국들뿐, 아무런 이야기도 적혀있지 않았다. 곧장 다른 종이들도 펼쳐보았지만, 마찬가지였다.

나는 아빠의 서랍을 차례로 뒤졌다. 총 네 개의 서랍 중 위의 두 서랍은 먼지 덩어리 외에는 아무 것도 없었다.

세 번째 서랍을 열고나서야 물체라고 할 수 있는 것들이 보였다. 하지만 그것들마저도 내가 알 수 없는 내용의 종이뭉치였을 뿐, 내가 흥미로워할 만한, 혹은 아빠가 하는 작업의 정체에 대해 알아낼 수 있는 내용들은 아니었다.

나는 마지막 네 번째 서랍을 열어보았다. 모습은 세 번째 서랍과 비슷했다. 하지만 그보다는 조금 더 깔끔했고, 종이뭉치에는 손때가 더 많이 타있었다.

나는 종이뭉치를 꺼내 책상 위에 올려놓고는 한 장 한 장, 넘겨보았다. 역시나 내가 알 수 없는 내용의 것들이 대부분이었다.

더 넘겨보자, 이상한 종이 한 장이 나왔다. 컴퓨터 글씨가 적혀있는 다른 종이들과는 달리, 손 글씨가 적혀있었다. 내용으로 보아, 편지 같았다. 아마도 아빠가 바로 아빠가 누군가에게로 보내려다 만 편지. 내용은 이러했다.

멀리서 바라만 보았을 뿐, 함께일 수 없었네
아름답기에. 너무도 아름답기에

멀리서 바라만 보았을 뿐, 함께일 수 없었네

그 밑에는 필름 한 조각이 붙어있었다. 햇볕에 대고 자세히 들여다보자, 오른쪽 아래에 웃는 게 웃는 게 아닌 듯한 아빠의 얼굴이 보였다. 뒤로는 사람들 무리 뒤에 서있는 나와 엄마의 모습이 보였다. 아마도 아빠가 셀카인지 뭔지를 찍었는데, 얼떨결에 엄마와 나까지 함께 찍혀버린 필름 같았다. 그것도 새해의 첫 해를 보러 부산에 갔을 때, 그러니까 나의 가족의 첫 여행 때. 사진 속 나의 손에 벙어리장갑이 끼워져 있는 것을 보면 그랬다. 왜냐하면 그 장갑은 그때 바닷가에서 샀던 것이었으니까.

필름을 가만히 보고 있자, 이런 생각들이 밀려들었다. 아빠가 이 편지에 적은 말들은 과연 누구에게 하는 말일까? 엄마에게 하는 말일까? 내게 하는 말일까? 아무래도 내게 하는 말은 아닌 것 같았다. 나는 잘생겼을 뿐이지, 결코 아름답지는 않으니까.

한편, 저런 생각들도 밀려들었다. 그때 나는 왜 아빠를 따라 가지 않았을까? 왜 아빠를 따라가지 않고 그저 엄마 옆에 서있기만 했을까? 시간을 되돌릴 수 있다면, 나는 아빠를 따라갔을까? 그렇다면 나는 혼자 남겨진 엄마를 보며 어떤 생각을 했을까? 나 역시도 아빠처럼, 멀리서 바라만 보았을 뿐, 함께일 수 없었다고. 아름답기에. 너무도 아름답기에. 그래서 멀리서 바라만 보았을 뿐, 함께일 수 없었다고 생각했을까? 그나저나 왜 아빠는 이 편지를 엄마에게, 혹은 어쩌면 내게 전해주지 않은 것일까?

나는 그것들을 아빠가 자전거를 다 타고 집에 돌아오면 곧장 물어볼 작정이었다. 하지만 깜빡하고는 묻지 못했다. 그 다음날도, 또 그 다음날도 묻지 못했다. 그리고 그렇게, 아빠가 출장을 떠나기 전날까지도.

하지만 아빠는 1주째, 2주째, 그리고 3주째가 되는 오늘까지도 집으로 돌아오지 않고 있다. 그동안 전화도 한 통 없었다. 전화를 해보아도 받지 않았다. 엄마에게 몇 번 씩이나 물어보았지만, 끝내 아무 대답도 들을 수 없었다.

나는 요새 학교에서 정말로 또라이라고 불린다. 물론 내가 학교에서 리아를 자꾸 아는 척 했으니까. 아는 척이래 봤자 그녀 대신 우유를 집어다준다거나, 쉬는 시간에 그녀 옆으로 다가가 어제는 뭐했고 오늘은 뭐할 건지 등을 묻거나, 점심시간에 같이 밥을 먹거나 하는 정도뿐이었지만. 그녀가 말했다.

"거 봐. 아는 척 하지 말랬잖아."

"괜찮아. 나도 그런 놈들 필요 없어."

그리고 한 가지 이유가 더 있었다. 바로 또라이란, 달리 생각하면 어딘가 특별하다는 뜻이기도 하다는 것.

한편, 마음에 걸리는 게 하나 있었다. 바로 아이들이 또라이 뒤에 '2'라는 숫자를 붙여 나를 불렀다는 것. 아무래도 영 찝찝했던 나는 하는 수 없이 아이들을 한 명 두 명, 찾아가 이렇게 부탁했다.

"앞으로도 나를 계속 또라이라고 부를 계획이면, 되도록 '2'는 빼주길

바래.”

그날 이후로, 아이들이 더는 나를 ‘또라이 2’라고 부르지 않았다. 대신 ‘레알 또라이’라고 부르기 시작했다. 나는 그것이 쏙 마음에 들지 않았다. 그래도 ‘또라이 2’보다는 나은 것 같아 그럭저럭 만족하기로 했다.

내가 리아에게 물었다.

“그나저나 아이들이 왜 너를 또라이라고 부르게 된 거야?”

리아는 한참동안을 머뭇머뭇, 대더니 결국 조심스레, 입을 열었다.

“체육시간이었어. 모두들 운동장에 나가서 축구를 하거나 피구를 했지. 그런데 나는 스탠드에 가만히 앉아있기만 했어.”

“왜?”

“풀밭에 놓인 무언가를 보고 있었거든.”

“뭘 보고 있었는데?”

리아가 나의 눈치를 힐끔, 살피고는 대답했다.

“죽은 고양이.”

“그걸 왜 보고 있었어?”

리아는 잠시 사이를 두고 대답했다.

“아름다워서.”

이해가 안됐다. 고작 그것 때문에 아이들이 리아를 또라이라고 부르기 시작했다는 사실이. 하지만 리아는 이해가 됐다. 그것도 아주 많이. 왜냐하면 나 역시도 죽은 고양이를 보며, 분명 아름답다고 생각했을 테니까. 내가 말했다.

"정말 아름다웠겠다."

리아가 나를 흘깃, 바라보고는 물었다.

"그래?"

나는 대답 없이 고개만 끄덕, 였다. 리아는 잠시 사이를 두고 물었다.

"너는 별명 같은 거 없었어?"

나는 곰곰이 생각해 보았다. 내게 별명이 있었는지 없었는지를.

"하나 있었다. 벙어리."

"벙어리? 왜?"

"애들이 말 걸어도 아무 대답 안했었거든. 그렇게 몇 번 하니까 벙어리라고 부르던데?"

"왜 아무 대답 안했었는데?"

나는 잠시 사이를 두고 대답했다.

"말이 안 통할게 빤했거든."

"그걸 네가 어떻게 알아."

나는 조금 전보다 더 긴 사이를 두고 대답했다.

"걔네는 심심해 보이지 않았으니까."

하루는 내가 리아의 집으로 놀러갔다. 실은, 놀기 싫다는 그녀를 밀치고서 억지로 쳐들어간 것이었지만.

리아의 집은 지난번처럼 사람이 없었다. 물론 그런 것은, 나의 집도 마찬가지였지만. 어쨌거나 그녀는 지난번처럼 또 침대에 누워있기만 했다. 내가 말했다.

"자지 마. 나랑 놀자."

"싫어. 오늘은 좀 누워있어야겠어."

나는 리아를 억지로 일으켜 앉히며 말했다.

"자꾸 누워있기만 하면 뭐해. 자지도 않을 거면서." 그리고는 낑낑, 리아를 끌고 거실로 나갔다. 그녀는 몸부림치나 싶더니 끝내, 못 이기는 척 따라 나왔다. 그녀가 투덜투덜, 말했다.

"너는 학원 같은 거 안 가냐?"

"가봤는데, 배울 게 없던데?"

리아가 피식, 하고 웃었다. 내가 말했다.

"너는?"

리아는 잠시 사이를 두고 대답했다.

"나도."

"배울 게 없어서?"

리아는 아무 대답 없이 그저 고개만 끄덕, 였다.

리아와 나는 저벅저벅, 소파로 가 앉았다. 앉자마자 그녀는 헝클어진 머리카락들을 가다듬었다. 내가 말했다.

"오늘도 상태가 영 아니야?"

하지만 리아는 아무 대답 않았다.

거실 역시도 지난번처럼, 햇볕으로 노랗게 달아올라있었다. 노랑이 전보다 짙어진 것으로 보아, 곧 여름이 오려고 하는 것 같았다.

창문 니미로는 정원 위의 나무가 보였다. 가지에 잎이 지난번보다 더 많이 자라있었다. 문득, 궁금한 것이 떠오른 내가 물었다.

"몇 살일까 저 나무?"

리아가 나무를 향해 고개를 스르르, 돌렸다.

"잘 모르지만, 적어도 세 살은 넘었어."

"우리보다 어릴 수도 있을까?"

"어쩌면 그럴지도."

리아가 말을 마치자 정적이 성큼성큼, 그녀와 나 사이로 와 앉았다. 나는 고개를 이리저리 두리번거리며 두 개의 방, 따뜻해 보이는 분위기, 그리고 화목해 보이는 가족사진 등을 차례대로 번갈아 보았다. 그 동안 리아는 여전히 창문 너머의 나무를 바라보고 있었다. 표정으로 보아, 아직까지도 나무의 나이를 추측하고 있는 것 같았다. 내가 말했다.

"생각났어?"

리아는 여전히 나무에 눈을 머물려둔 채, 한동안 아무 대답 않았다.

"언젠가 나는 나무가 되고 싶다고 생각한 적이 있어."

생뚱맞은 대답이었다. 내가 물었다.

"왜?"

리아는 여전히 나무에 눈을 머물려둔 채, 한동안 아무 대답 않았다. 참다못한 내가 다시 묻자, 그때서야 그녀가 나를 흘깃, 바라보고는 이렇게 대답했다.

"그렇게 된다면, 아무도 내 기분이 어떤지 알 수 없을 테니까."

나는 리아의 말을 곰곰이 되짚어 보고는, 이렇게 말했다.

"나는 아는데. 나무 기분."

리아가 어이없다는 피식, 웃으며 말했다.

"그걸 네가 어떻게 알아."

"정말 알아."

리아는 여전히 어이없다는 피식, 웃기만 했다. 나는 잠시 고민하고는 조심스레, 입을 열었다.

"이건 비밀인데."

그리고는 이렇게 말을 마저 이었다. 모두들 어떤 순간이 찾아오면, 저마다 평소와는 다른 표정을 짓는다고. 나도. 너도. 연필도. 코딱지도. 그리고 나무도.

"그래서 그 순간이 오면, 나는 나무 기분도 알 수 있어."

내가 말을 마치자, 리아는 어이없다는 듯 한숨을 푹, 내쉬었다.

"정말인데."

리아는 한동안 아무 말 않다 잠시 후, 내게로 고개를 돌리며 입을 열었다.

"너는 정말로 그게 보이냐?"

나는 고개를 끄덕, 였다. 리아가 잠시 사이를 두고 물었다.

"그럼 지금 나는 어때 보이는데?"

나는 다시 한 번 리아의 표정을 잘 살펴보고는 이렇게 대답했다.

"답답."

"딥딥?

그랬다. 리아는 답답해보였다. 아마도 나무의 나이가 잘 떠오르지 않았기 때문에. 내가 말했다.

"응. 그래 보여."

그러자 리아는 나를 가만히 바라보기만 할 뿐, 더는 아무 말도 잇지 않았다.

리아의 집에는 저녁까지도 사람이 없었다. 하지만 나는 리아의 집에 너무 늦게까지 있지 않을 작정이었다. 혹시라도 리아의 부모님과 마주치게 될까봐서였다. 마주쳐도 큰 일이 날 것은 아니었지만, 왠지 영 내키지가 않았다.

하지만 나는 끝내, 리아와 함께 저녁밥까지 먹게 됐다. 혹시라도 그녀의 부모님과 마주칠까봐 얼른 집에 돌아가려던 내게 그녀가 조심스레, 이렇게 부탁했던 바람에 말이다.

"오늘은 혼자 밥 먹기 싫은데."

나는 3분 요리만 할 줄 알았는데 리아는 30분 요리도 할 줄 알았다. 그래봤자 계란말이, 김치볶음밥, 샐러드 정도였지만 말이다. 맛은 그럭저럭 괜찮았다. 적어도 엄마가 하는 요리보다는 나았다.

"맛있었지?"

"응."

"나랑 같이 먹어서 그런 거야."

맞는 말 같기도, 틀린 말 같기도 했다. 그래서 나는 일단 아무 대답 않았다. 조금 더 생각해보고 나중에 대답해주는 게 나을 것 같아서였다.

오늘은 리아가 나의 집으로 놀러왔다. 실은, 또 집으로 돌아가서 침대에 눕겠다는 그녀를 내가 억지로 끌고 온 것이었지만.

누군가를 집에 데려온 것은 오늘이 처음이었다. 리아가 말했다.

"너희 집은 방이 세 개구나."

순간, 무언가 큰 비밀을 들켜버린 것 같은 기분이 들었다. 그래서 나는 결심했다. 앞으로는 그 누구도 나의 집에 데려오지 말아야겠다고.

나는 리아가 의자에 엉덩이를 붙이기도 전에 냉큼 집 밖으로 끌고 나갔다.

"그냥 밖에서 놀자."

"왜?"

"TV에서 봤는데, 어릴 때는 땅을 밟고 놀아야 한데. 그래야 정신건강에 좋다나 뭐라나."

결국 리아와 나는 밖에서 놀았다. 그래봤자 앞으로 무작정 걷거나, 아니면 중간에 잠깐 앉아 쉬거나 하는 정도였지만. 물론 그럴만한 이유가 있었다. 왜냐하면 아무리 밖이어도 딱히 할 만한 것, 갈 만한 곳이 없었으니까.

햇살이 유난히 좋았던 날이라 그랬는지 거리에 사람이 무척 많았다. 하지만 모두들 나와 리아보다는 키가 컸다.

걷는 동안, 리아와 나는 이런 저런 이야기를 나누었다. 대부분 내가 평소 궁금해했던 것들과, 그것들에 대한 그녀의 대답이었다. 가령, 하늘에서는 왜 비가 내리는지, 거북이는 왜 껍질을 벗을 수 없는지, 할머니나 할아버지들에게서는 왜 모두 비슷한 냄새가 나는지, 음식은 똥이 되는데 왜 똥은 음식이 될 수 없는지 등. 그녀와 나는 각자가 생각하는 바를 마구 늘어놓았다. 하지만 아무래도 그녀와 나 모두 정답을 가지고 있지는 않은 것 같았다.

문득, 또 다른 궁금한 것이 떠오른 내가 물었다.

"참. 너는 왜 매일 펑퍼짐한 옷만 입어?"

리아는 잠시 사이를 두고 되물었다.

"왜? 이상해?"

"아니. 그냥. 다른 거 입으면 조금 덜 심심해 보일 것 같아서."

그러자 리아는 조금 전 보다 더 긴 사이를 두고 물었다.

"그러는 너는 왜 매일 검은색 티셔츠만 입냐?."

나는 잠시 사이를 두고 되물었다.

"왜? 이상해?"

"아니. 그냥. 너도 다른 거 입으면 조금 덜 심심해 보일 것 같아서."

이야기가 멈추고 정적이 끼어들 때면, 리아는 꼭 자동차 유리나 쇠기 등에 자기 얼굴을 비췄다. 그리고는 머리카락들을 가다듬거나, 볼을 매만지거나 했다. 나는 그 모습이 참 분주해 보였다. 동시에 이런 생각도 했다. 온 세상이 거울이라면, 여자들은 엄청 좋아할 것이라고. 그러면 여자들은 자동차 유리나 쇠기둥 같이 작고 좁은 곳을 찾아, 분주하게 자기 얼굴을 비출 필요가 없어질 테니까. 순간, 리아가 내게로 고개를 돌리며 말했다.

"그런데 너는 왜 심심해?"

뜬금없는 질문이었다. 어쨌거나 나는 곰곰이 생각해보고는 이렇게 대답했다.

"나만 하루가 너무 긴 것 같아서."

리아가 알겠다는 듯 고개를 끄덕, 였다. 내가 물었다.

"너는?"

리아 역시도 나처럼 곰곰이 생각해보고는 이렇게 대답했다.

"나만 하루가 너무 짧은 것 같아서."

"짧아도 심심해?"

"응."

"왜?"

리아는 잠시 사이를 두고 대답했다.

"더 빨리 찾아오니까."

"뭐가?"

"내일이."

하지만 여전히 잘 이해가 되지 않았다.

다 놀고난 뒤, 나는 집으로 돌아가기 위해 몸을 돌렸다. 하지만 리아의 말 한 마디에 걸음을 멈칫, 했다.

"너 남자 맞니?"

"당연하지."

리아는 한 숨 푹, 내쉬고는 이렇게 말을 이었다.

"그럼 여자를 집까지 데려다 줘야지."

"왜?"

"원래 남자는 그렇게 해야 하는 거야."

"누가 그래?"

"누가 그러긴. 영화에서 다들 그러잖아."

그러고 보니 그랬다.

결국 나는 하는 수 없이 리아를 집까지 데려다 주었다. 내가 말했다.

"잘 가."

"안녕."

그리고는 집으로 돌아오는 길, 나는 생각했다.

남자로 사는 것은 여러모로 불공평한 것 같다고.

아름답기에, 너무도 아름답기에

너무 많이 아는 것은 좋지 않다

아빠가 출장을 떠난 지 딱 한 달째가 되는 오늘, 나는 결국 이렇게 답을 내렸다. 아빠가 출장을 떠난 이유는 분명, 엄마와의 사이가 안 좋아졌기 때문이라고. 그것도 엄청나게 말이다.

어쩌면 더 일찍 답을 내렸어야 했는지도 모른다. 왜냐하면 아빠와 엄마의 사이가 안 좋았던 건 이미 하루 이틀 일이 아니었으니까.

아빠와 엄마의 사이가 좋지 않다고 처음 느낀 건 2년 전. 방이 두 개인 집에 살았던 동시에, 엄마가 화장을 하지 않기 시작한 직후의 어느 저녁에서 였다. 그때, 아빠와 나는 식탁에 앉아있었다. 저녁 식사를 차려 줄 엄마가 집에 오기를 기다리기 위해서였다.

마침내 엄마가 집으로 돌아왔다. 한 손에 맥도날드 마크가 새겨진 쇼핑백 하나를 들고서. 나는 햄버거가 싫지 않았다. 고기 위에 묻은 케첩만 깨끗이 덜어낸다면. 하지만 아빠는 햄버거가 몹시 싫은 모양이었다. 눈썹과 눈썹 사이가 구겨져있던 걸 보면.

잠시 후, 식사가 시작되었다. 나는 늘 그랬듯, 햄버거 빵 뚜껑을 열어 고기 위에 묻은 케첩을 덜어냈다. 하지만 아빠는 햄버거를 먹지 않고 쇼핑백만 뒤져대고 있었다. 무언가를 찾으려는지 싶었다. 아빠가 말했다.

"엄마는 참 꼼꼼해. 빨대가 우리 몸에 안 좋은 줄 알고 일부러 안 챙겨왔잖아."

그리고는 자리에 앉으며 무릎 위에 휴지를 펼쳐 얹었다. 순간, 엄마가 오물거림을 멈추더니 이렇게 말했다.

"그러고 보니 아빠도 참 남자답지? 빨대 하나에도 저렇게 너그러우니 말이야."

"하하. 엄마처럼 아름다운 미인에게 어떻게 화를 내겠니."

"호호. 뭘 또 그렇게 까지. 참. 나도 당신처럼 귀여운 해피밀 인형 받아왔어."

그때, 나는 깨달았다. 엄마와 아빠가 했던 말들은 겉으로는 칭찬이지만, 실은 칭찬이 아니라는 사실을. 나는 그것을 엄마가 받아왔던 해피밀 인형을 보고 깨달았다. 바로 '슈렉'이었다.

그때까지만 해도 엄마와 아빠는 서로 말을 주고받기는 했었다. 하지만 언제부턴가, 아예 말을 주고받지 않기 시작했다. 나는 그 이유를 아마도 그날 밤의 일 때문인 것으로 추측한다.

방이 세 개인 지금의 집으로 이사를 오고 난 직후의 일이다. 깜깜한 밤이었는데도 나는 잠에 들지 못하고 있었다. 창밖에서 새어 들어오는 빛에도, 흔들리는 그림자에도, 그리고 벌레들의 울음소리에도 신경이

쉽게 곤두섰다. 아마도 새로운 환경에 적응하느라 그랬던 것 같다.

거우 안정을 되찾은 나는 마침내 눈알이 좌우로 파르르, 흔들리는 렘 수면인지 뭔지 하는 상태에 돌입하게 되었다. 그리고 그렇게, 진짜 수면 상태에 돌입하게 되려던 찰나, 어디선가 불쑥, 모습을 드러낸 소리 하나에 눈이 도로 떠졌다.

나는 소리의 주소를 찾아 눈과 귀를 바삐 움직였다. 아무래도 가까운 곳에서 들리는 소리가 아닌 것 같았다. 소리는 아마도 내 방 밖, 거실 쪽에서 나고 있는 것 같았다.

나는 슬며시 방 문을 열었다. 거실 한 가운데에 엄마와 아빠가 나란히 서있었다. 나는 생각했다. 엄마와 아빠 역시 새로운 환경에 적응해야 하느라 잠이 오지 않는가 보다고. 하지만 어딘가 이상하기도 했다. 엄마 아빠 모두 어딘가 무척 심각해 보이는 표정으로 서로의 곁을 빙빙, 맴돌고 있었다. 말은 주로 아빠 쪽에서 하고 있는 것 같았다.

나는 귀를 쫑긋, 세워 아빠의 말에 귀 기울여보았다. 정확하지는 않지만, 대략 이런 말들을 건네고 있는 것 같았다.

"우리 굳이 이렇게 살 필요가 있을까? 어차피 서로가 알잖아. 다 불쌍하고 약한 사람이란 걸."

그리고는 한 손을 들어 엄마의 붉은색 잠옷을 스윽, 문지르기 시작했다. 엄마는 어딘가 힘겨워 보이는 얼굴로 아빠에게 몸을 털썩, 기댔다. 아빠는 엄마의 머리카락 사이로 손가락을 넣으며 말을 이었다.

"혹시 아나? 다시 예전으로 돌아갈 수 있을지."

그리고는 엄마의 잠옷을 아래에서부터 위로 서서히 들춰 올렸다. 엄마는 곧 홀딱 벗은 맨몸이 되었다. 그런데, 언젠가 내가 보았던 모습과 달랐다. 전보다 어딘가 푸석해져있는 것 같았다.

그런 엄마를 아빠가 소파에 털썩, 눕혔다. 그리고는 셔츠를 휙, 벗어던지더니 바지까지 홀딱, 내려 재꼈다. 그러자 보였다. 아빠의 거시기가. 그런데, 우뚝 솟아있었다! 모습이 마치 유치원에서 시골로 소풍을 갔을 때 보았던 장승인지 뭔지 하는 그것 같았다. 신기했다. 평소에는 작고 귀엽기만 한 거시기가 그토록 무섭고 흉측하게 변할 수 있다는 사실이.

잠시 후, 아빠가 자기 거시기를 엄마의 가랑이 사이, 그러니까 엄마의 거시기가 있는 그곳으로 가져다 댔다. 그리고는 엉덩이를 뒤로 주욱, 내빼더니 다시 앞으로 휙, 밀어 넣었다. 순간, 엄마가 아빠의 몸을 막으며 말했다.

"그만."

그러자 아빠가 멈칫, 했다. 엄마가 또 말했다.

"이런다고 달라질 건 없어."

아빠는 꽤 긴 사이를 두고 물었다.

"벌써 포기했니?"

하지만 엄마는 아무 대답 않았다. 그러자 아빠는 스르르, 엄마에게서 몸을 뗐다. 그리고는 바닥에서 옷을 주워 입으며 후다닥, 자기 방으로 향했다. 엄마가 말했다.

"아니."

엄마는 잠시 사이를 두고 다시 말을 이었다.

"우리에게 혹시란 없다는 걸 알게 됐을 뿐이야."

아빠는 아무 대답 않았다. 그저 방 안으로 한 걸음 두 걸음, 옮겨가기만 했다. 그리고는 덜컥, 문을 닫아버렸다.

홀로 남은 엄마는 스르르, 몸을 굽혔다. 아마도 바닥에 놓인 잠옷을 집으려는 것 같았다. 그러면서, 한숨 소리와 비슷한 소리를 냈다. 그것은 엄마가 요리를 망쳤을 때나(한 번도 망치지 않은 적이 없지만), 아니면 외할머니와 전화통화를 끝내고 내는 소리와 똑같았다. 그랬다. 그것은 엄마가 무언가를 마음에 들어 하지 않을 때 내는 소리였다.

어쨌거나 결국 엄마 또한 자기 방으로 들어갔다. 그리고는 덜컥, 문을 닫아버렸다. 그리고 그렇게, 아빠와 엄마는 더 이상 서로의 거시기를 만나게 하지 않았고, 말을 주고받지도 않았다.

오늘에서야 그때의 일을 다시 떠올린 내게 불쑥, 수많은 궁금증들이 밀려들었다. 크게 세 가지 궁금증이었다. 첫째, 왜 아빠의 거시기가 장승같이 변했는지. 둘째, 왜 아빠와 엄마의 거시기가 서로 만나야 하는 것인지. 셋째, 왜 그날 이후로 아빠와 엄마는 더 이상 서로의 거시기를 만나게 하지 않게 되었고, 더 이상 말을 주고받지도 않게 되었는지.

물론 나는 남자와 여자의 거시기가 서로 만난다는 사실을 얼핏, 알고 있었다. 영화에서 본 적이 있었고, 또래 아이들이 하는 이야기를 엿들은 적도 있었으니까. 하지만 그것들이 정확히 무엇을 위한, 그리고 왜 이뤄져야 하는 행동인지에 대해 말하라면, 애매했다.

나는 기필코 그것을 알아내기로 마음먹었다. 그래야 엄마와 아빠의 사이가 안 좋아진 이유를 제대로 이해할 수 있을 것 같았으니까. 동시에 아빠가 출장을 떠난 이유와 관련이 있을지도 모를 일이었으니까.

나는 곧장 네이버를 켜 지식인에 접속했다. 키보드에 손을 얹은 채, 과연 뭐라고 입력할지를 한참 고민하다 우선 '거시기'라고 입력해 보았다. 엔터를 누르자, 여러 결과들이 떠올랐다. 나는 그 중 하나를 클릭해 보았다. 제목은 '거시기가 자꾸 서요'. 내용은 이랬다.

안녕하세요.

다름이 아니라 제가 고민이 하나 있어서요.

몇 달 전부터 이상하게 거시기가 자꾸 서요. 그것도 엄청 딱딱하게요.

저는 제가 죽을병에 걸린 줄 알고 양호 선생님께 찾아가보기까지 했답니다.

하지만 양호선생님께서는 제가 사랑을 할 준비가 되었다고만 말씀하실 뿐이네요.

그래서 질문 드릴게요.

1. 거시기가 서는 것과 사랑을 하는 것이 대체 무슨 상관인가요?

2. 거시기가 더 이상 서지 않게 하려면 어떻게 해야 하나요?

누워있을 때는 상관없는데, 엎드리기만 하면 너무 아파서요.

혹시라도 부러질까봐 겁도 나고요.

답변 부탁드립니다.

 나는 1번 질문이 몹시 흥미로웠다. 내가 전에 국어사전에서 찾아보았던 사랑과는 약간 차이가 있어 보여서였다. 국어사전에서의 사랑은 눈에 보이지 않는 마음 같은 것으로 하는 일이었다. 하지만 1번 질문에서의 사랑은 눈에 보이는 거시기 같은 것으로 하는 일 같았다. 아래로는 이런 답변들이 달려있었다.

 XXX : 애국가를 불러보세요. 금방 가라앉습니다.

 XXX : 혹시라도 부러질까봐 겁난뎈ㅋㅋㅋㅋㅋㅋㅋㅋ

 XXX : 부러운 놈. 내 거시기가 너 같았으면 소원이 없겠다!

 다 쓸데없는 답변 같았다. 그나마 마지막에 달린 답변 하나만이 1번 질문과 어느 정도 관련이 있어보였다.

 XXX : 양호선생님의 말씀이 맞습니다.

　　거시기가 딱딱하게 선다는 것은 바로 사랑을 할 준비가 되었다는 증거죠.

　　남자는 딱딱한 거시기가 없으면 사랑을 할 수 없습니다.

　　그리고 그 딱딱함은 평소에 잘 관리해주셔야 합니다.

　　지금은 아무렇지 않으시더라도, 혹시 모를 나중을 위해서 말이에요.

　　그래야 오래 오래, 또 즐겁게 사랑을 할 수 있으니까요.

그래서 말인데, 님에게 딱 맞는 사이트를 하나 소개시켜드릴까 해요.

www.xxxxx.com

씨알리스, 비아그라 등 전 품목 3개월 무이자 할부 가능합니다.

회원가입 필요 없고요, 실시간 상담가능, 배송비는 무료입니다.

많은 이용 부탁드려요.

뭔 개소리인지 싶었지만, 나는 일단 댓글에 표시된 사이트 주소를 클릭해보았다. 근육질의 남자와 큰 가슴의 여자 사진이 곳곳에 도배되어 있는 페이지가 떴다. 이상하게도, 다들 우리나라 사람이 아니었다. 왼쪽에는 버튼들이 나란히 놓여있었다. 버튼 위에는 뜻을 알 수 없는 단어들이 적혀있었다. 가령 강력 최음 흥분제, 비아그라, 씨알리스, 흥분젤, 칙칙이 등. 나는 그 중 지식인의 답변에도 있었던 '비아그라' 버튼을 눌러보았다. 그러자 화면 위로 알약들과 약통들이 떠올랐다. 하늘색이었다. 값이 아주 비쌌다. 하여간. 모두들 내가 알고자 하는 바에는 전혀 도움이 되지 않았다. 나는 생각했다. 지식인은 헛소리를 너무 많이 하는 것 같다고.

그럼에도 나는 결코 포기하지 않았다. 질문자의 1번 질문을 중심으로 인터넷을 뒤지고, 또 뒤져보았다. 키보드 옆에 국어사전을 두고서 모르는 단어가 보이면 바로바로 찾아보았다. 그렇게 해서라도 기필코 답을 알아내야만 나의 궁금증들이 어느 정도 풀릴 것 같았다. 왜냐하면 엄마와 아빠는 결혼한 사이였으니까. 내가 아는 결혼이란 서로 사랑하는 사람들이 하는 일이고, 그것은 엄마와 아빠도 마찬가지였을 것이었다. 게다가 이리보고 저리보아도, 거시기가 서는 것이 분명 사랑과 관련이 있어보였으니까. 그렇지 않고서야 한 명도 아닌 여러 사람들이 거시기와 사랑을 동시에 말할 이유가 없을 것이었다.

저녁을 먹는 것도 깜빡한 채 인터넷을 뒤지고 또 뒤진 결과, 나는 결국 꽤 많은 내용들을 알아냈다. 동시에 그 내용들을 바탕으로, 내가 떠올렸던 궁금증들에 대해 답까지 달아보았다.

1. 왜 아빠의 거시기가 섰는가.

-여자로부터 어떤 자극을 받았기 때문.

-여자를 통해 자식을 낳으려는 본능 때문.

-보통 '발기'라고 부름.

2. 왜 아빠의 거시기와 엄마의 거시기가 만나야 하는 것인가.

-서로 사랑한다는 사실을 확인하기 위함.

-자식을 낳기 위함.

-기분이 꽤 좋기 때문에 한다고도 함.

-보통 '섹스'라고 부름.

3. 왜 아빠와 엄마의 거시기는 더 이상 서로 만나지 않았는가.

-둘 중 한 명이 상대에게 사랑을 확인시켜주지 않았기 때문.

-둘 중 한 명이 상대의 사랑을 만족하지 못했기 때문.

나는 그중 '서로 사랑한다는 사실을 확인하기 위함'에 밑줄을 지익, 그었다. 그랬다. 거시기로 하는 사랑, 그러니까 '섹스'라는 것은 바로 눈에 보이지 않는 사랑을 눈으로 확인할 수 있도록 도와주는 일이었다.

끝으로 나는, 그동안 엄마와 아빠 사이에 벌어졌던 대략의 시나리오까지도 정리해보았다.

1. 아빠와 엄마가 사랑을 하여 결혼을 함.

2. 아빠와 엄마가 사랑을 확인하기 위해 섹스를 함. (그러다 내가 세상에 나옴)

3. 아빠와 엄마가 또 사랑을 확인하기 위해 섹스를 함.

4. 하지만 엄마가 아빠에게 사랑을 확인시켜주지 않음. 혹은 만족하지 못함.

5. 그 후로 아빠와 엄마가 더는 섹스를 하지 않음.

6. 결국 참다못한 아빠가 집을 나가버림.

그러다 문득, 어떤 의문 하나가 떠올랐다. 바로 내가 엄마 아빠를 사랑하고, 엄마 아빠도 나를 사랑하는데, 만약 내가 그 사실을 눈으로 직접 확인하고 싶다면, 나 또한 엄마 아빠와 섹스를 해야 하는 건지가.

나는 곧장 다시 인터넷을 뒤져보았다. 그리고는 확실히 알게 되었다. 부모와 자식 간의 사랑은 보통 마음으로 하는 사랑만 해당된다는 사실을. 그 말은 즉, 부모와 자식은 섹스를 할 필요가 없다는 얘기였다.

하지만 간혹, 부모와 자식이 섹스를 하는 경우가 있다고 한다. 바로 '근친상간'이라고 부르는 행동인데, 그것은 마음으로 하는 사랑이 바탕

된 것이라기보다는, 남자 거시기가 장승이 될 때 필요한 어떤 자극만이 비탕 된 것이라고 했다. 그러므로 그것은 사랑을 확인하는 행동이라고 보기 어려워, 어떤 나라에서는 범죄로까지 취급한다고 했다.

어쨌거나 나는 단 몇 시간 만에 꽤 그럴듯한 내용들을 알아냈다. 그동안 나와 나의 가족에게 일어났던 일들을 어느 정도 이해할 수도 있었다. 그랬다. 모든 일들이 다 사랑 때문이었다. 나는 이러한 깨달음을 이뤄낸 내 자신이 무척 자랑스러웠다. 또 뿌듯했다.

하지만 그것은 잠시, 결국 나는 우울해지고 말았다. 여태껏 느껴온 우울함 중 가장 무거웠다. 왜냐하면 내가 알아낸 것들은 결국 아빠와 엄마가 더는 서로 사랑하지 않는다는 뜻이었으니까. 그래서 아빠와 엄마는 더 이상 결혼한 사이가 아닐지도 모른다는 뜻이었으니까. 심지어, 아빠가 영영 돌아오지 않을지도 모른다는 뜻이기도 했으니까.

결국 나는 이렇게 바랄 수밖에 없었다. 내가 추측하고 알아낸 내용들이 틀렸기를. 혹시나 맞았더라도 엄마 아빠만은 예외이었기를. 아니면 그저 나만의 생각이고, 또 상상이었기를. 그리고는 생각했다.

너무 많은 것을 알게 되는 것이 꼭 좋은 것만은 아닌가 보다고.

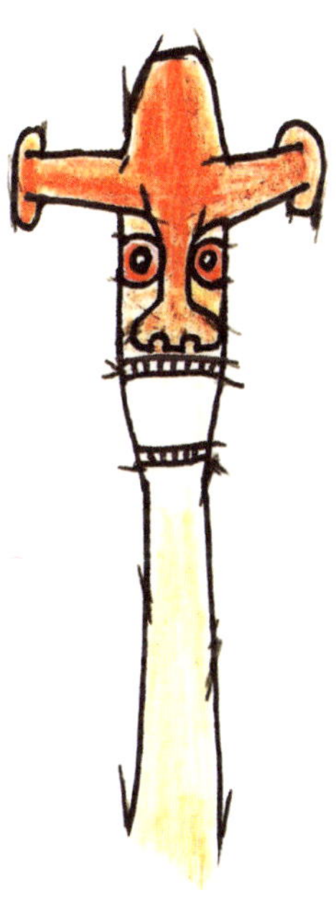

사나이도 눈물을 흘릴 수 있다

아쉽게도, 나의 생각과 상상이 모두 실제였던 것으로 드러나 버렸다.

수업이 다 끝나자마자, 곧장 집으로 돌아왔다. 그런데, 현관에 지난번의 오렌지색 구두가 또 놓여있었다. 나는 눈살을 찌푸리며 고개를 돌렸다. 그러자 이번에는 베란다에 놓인 아빠의 자전거가 보였다. 물론, 이미 녹이 슬대로 슨 체인과 전보다 더 서러워 보이는 표정도 함께.

나는 가방을 벗어 바닥에 휙, 내던졌다. 그리고는 성큼성큼, 엄마의 방으로 가까이 다가섰다. 너머로 역시나 지난번의 턱 큰 남자가 보였다. 그런데, 엄마가 없었다. 그렇다면 턱 큰 남자는 엄마도, 나도 그리고 아빠도 없는 집에 홀로 떡하니 있었다는 얘기였다. 그것도 아주 편안한 반바지 차림으로!

얼마 지나지 않아, 그가 방에서 나왔다. 그리고는 하품을 쩌억, 하더니 소파로 다가가 몸을 털썩, 누이기까지 했다. 나는 그런 그를 가만히 쏘아 보았다. 하지만 그는 배를 벅벅, 긁어대기만 했다.

잠시 후, 그가 마침내 내게로 고개를 돌렸다. 그의 눈과 나의 눈이 찌릿, 마주쳤다. 나는 그가 무슨 생각을 하는지 알 수 없었다. 하지만 그는, 내가 무슨 생각을 하는지 아는 것 같았다. 그가 말했다.

"안녕?"

나는 내 귀를 의심했다. 꼭 내 자신이 이 집에 들어 온 손님, 그것도 초대받지 않은 손님 같이 느껴졌으니까. 일단 참고 차근차근 이야기하라는 좌뇌의 조언으로, 나는 이렇게 입을 열었다.

"대체 뭐야 당신은?"

그러자 그는 내 말이 우습다는 듯 하품 섞인 헛웃음만 허공에 훨훨, 흘려보냈다. 그리고는 자신이 변호사라는 일을 하니, 학교에서 누가 나를 때리거나 괴롭힌다면 즉각 이야기하라고 했다. 마침, 현관문이 열리며 엄마가 들어왔다. 양손에는 물건이 가득 담긴 마트 봉지가 들려 있었다. 얼굴에는 지난 10년 동안 꽁꽁 숨겨온 요리 실력을 오늘에서야 선보이겠다는 듯, 무척이나 자신만만한 미소가 퍼져있었다.

변호사 녀석이 엄마에게서 마트 봉지를 받아들고는 엄마와 나란히 부엌으로 걸어 들어갔다. 둘의 모습은 너무도 자연스러워, 누가 보면 꼭 신혼부부, 아니면 오랜 노부부라고 착각할 만한 정도였다.

변호사 녀석이 마트 봉지 안에서 물건들을 하나씩 밖으로 꺼내놓기 시작했다. 그러다 녀석의 손에 바나나 뭉치 하나가 덥석, 들렸다. 모습이 꼭 킹콩 같았다. 우스웠다. 엄마도 나와 같이 느꼈는지 녀석에게서 바나나를 획, 빼앗으며 말했다.

"부엌일은 내가 할게요."

변호사 녀석은 못 이기는 척 손을 뗐다. 그리고는 휘릭, 내게로 몸을 돌렸다. 녀석과 나의 눈이 또 찌릿, 마주쳤다. 나는 녀석의 눈을 결코 피하지 않았다. 녀석도 나의 눈을 결코 피하지 않았다. 나는 녀석이 무슨 생각을 하는지 알 수 없었다. 하지만 녀석은, 내가 무슨 생각을 하는지 아는 것 같았다.

변호사 녀석이 내게로 한 걸음 다가왔다. 나는 뒤로 한 발짝 물러섰다. 녀석이 내게로 한 걸음 더 다가왔다. 나는 뒤로 한 발짝 더 물러서려했지만, 할 수 없었다. 녀석이 내게로 팔을 주욱, 뻗어 나의 머리를 붙잡아버리는 바람에. 녀석의 크고 두꺼운 손가락이 내 머리카락들 사이를 삐질삐질, 비집고 들어왔다. 그러다 급기야, 까치집에까지 닿았다. 순간, 내 입에서 나도 몰래 이런 말이 튀어나와버렸다.

"씨발! 내 머리 만지지 마!"

녀석의 얼굴에 당황한 기색이 얼핏, 비쳤다. 하지만 금세 표정을 바꾸더니 이렇게 말했다.

"쪼그만 게 성질하고는. 누가 지 엄마 아들 아니랄까봐."

엄마는 어색하게 웃음 지을 뿐, 다른 어떤 말도, 다른 어떤 행동도 하지 않았고, 녀석과 나 사이에는 묘한 기운이 흐르기 시작했다. 그것은 내가 유치원 때 같은 반 남자 아이에게 난생 처음 주먹이란 도구를 사용해보았을 때와 같은 기운이었다. 엄마가 말했다.

"나 요리하는 동안, 방에서 우리 기노랑 좀 놀아줄래요?"

그때, 나는 보아버렸다. 녀석을 바라보던 엄마의 왼쪽 눈이 순간적으로 깜빡, 거렸던 것을. 무언가 신호를 보내고 있음이 분명했다. 그뿐이 아니었다. 그때 엄마가 내뱉은 말은 내가 들어온 것들 중 가장 착한 말투였다. 나는 엄마가 그런 말투로 내게, 혹은 아빠에게 무언가를 말하는 것을 단 한 번도 들어본 적이 없었다. 내가 말했다.

"왜 갑자기 착한 척해?"

하지만 엄마는 아무런 대답도 않고는 슬며시, 내게서 눈을 뗐다.

변호사 녀석은 내 방마저 자기 방인 듯 함부로 대했다. 침대에 벌렁, 드러눕는 것은 물론 배꼽 아래를 벅벅, 긁어대다 털 몇 가닥을 떨어트리기까지 했다! 나는 다짐했다. 앞으로 저 침대에 절대 눕지 않으리라고.

나는 벽 한 쪽에 기댄 채 뾰로통, 한 얼굴로 서있기만 했다. 녀석이 내게 눈신호를 보내왔지만, 무시했다.

녀석이 침대 매트의 빈 공간을 손으로 툭툭, 쳤다. 순간, 매트가 들썩이며 녀석의 배꼽 털 두 가닥이 공중으로 떠올랐다! 나는 다짐했다. 앞으로 저 침대에 절대 눕지 않는 것은 물론, 손가락 하나도 까딱대지 않으리라고. 하지만 녀석이 나를 끌어당겨 억지로 앉히는 바람에, 내 다짐은 단 3초 만에 무너졌다.

녀석이 내 옆구리를 손가락으로 쿡쿡 찔렀다. 어떻게든 내가 자신을 바라보게 하려는 듯. 하지만 나는 결코 녀석을 쳐다보지 않았다.

"너 여자 친구 있냐?"

나는 움찔, 했다. 난생 처음 받아보는 질문이었으니까. 리사가 생각났지만, 일단 아무 대답 않기로 했다. 녀석이 다시 물었다.

"없군. 좋아하는 애도 없어?"

"몰라요!"

결국 나는 참지 못하고 대답해버렸다. 하지만 녀석에게 눈 길 주지 않는 것은 꿋꿋하게 지켜냈다.

"인마. 너도 남자지?"

질문에 대해 생각하고 싶지 않았지만 이미 생각해버렸다. 그랬다. 난 남자였다. 여자가 아니라서가, 그렇다고 거시기가 달려있어서가 아니라, 난 정말 남자였다. 그래서 나는 그저 고개만 끄덕, 여 보였다.

"남자란 말이다. 여자를 쟁취해야 하는 법이야."

내가 남자라는 사실은 누가 가르치지 않아도 분명했다. 그리고 나는 그 사실을 아주 확실히, 그 누구보다 잘 알고 있었다. 하지만 남자는 여자를, 그것도 '쟁취'해야 한다는 말은 그때 처음 들었다. 그보다도, 나는 일단 쟁취가 무슨 뜻인지 조차 채 알지 못했다.

결국 나는 참지 못하고 이렇게 물어버렸다.

"쟁취가 뭔데요?"

녀석은 잠시 생각에 잠기나 싶더니 다시 말을 이었다.

"그래. 너 내셔널지오그래픽 알지?"

나는 말없이 고개만 끄덕였다. 내셔널지오그래픽은 내가 가장 좋아하는 채널 중에 하나였으니까.

"거기서 수컷 원숭이들이 암컷 원숭이를 두고 어떻게 해?"

마침, 나는 그 원숭이 편을 본 기억이 있었다. 그 편은 첫 장면부터 화면이 원숭이들로 득실거렸다. 다음으로는 원숭이들이 서로 등을 긁어주거나, 털 사이에 긴 무언가를 집어 먹는 등의 장면이 나왔다. 그 다음으로는 암컷 원숭이 한 마리가 풀 숲 사이에서 고개를 양 쪽으로 두리번거리는 장면이 나왔고, 이어서 수컷 원숭이 두 마리가 암컷 원숭이를 사이에 둔 채 양쪽 저 멀리서 서로 눈치를 살피는 장면이 나왔었다. 그때, 내셔널지오그래픽의 성우는 아마도 이렇게 말했던 것 같았다.

"짝짓기 철이 다가왔다는 것을 가장 빨리 알아채는 것은 역시 수컷 녀석들입니다. 암컷 원숭이의 주변을 어슬렁거리며 생식기가 빨갛게 부어올라있는지를 힐끔힐끔 훔쳐보죠. 이때, 수컷 녀석들은 간혹 한 암컷을 두고 서로 싸우기도 합니다. 서로의 살을 꼬집고 목을 깨물거나, 상대의 약한 부위를 찾아 주먹으로 때리기도 하죠."

동시에 화면에는 두 수컷 원숭이가 실컷 싸워대는 장면이 흘러 나왔다. 내가 녀석에게 대답했다.

"서로 싸워요."

"그래. 그럼 싸워서 이긴 원숭이는 어떻게 돼?"

나는 자연스레 그 다음 장면을 떠올렸다. 바로 싸움에서 이긴 원숭이가 암컷 원숭이를 데리고서 보다 더 깊고, 우거진 숲속으로 들어가는 장면을. 내셔널지오그래픽의 성우는 그것을 '짝짓기'를 하기 위함이라고 설명했었다. 마침, 나는 인터넷을 통해 알고 있었다. 암컷과 수컷의 짝짓기와 남자와 여자의 섹스가 서로 같은 의미라는 사실을. 내가 말했다.

"암컷 원숭이랑 섹스해요."

녀석은 허공에 대고 한 번 크게 웃더니 몸을 벌렁, 누이며 말했다.

"그래. 그게 바로 쟁취란 거다."

그렇게, 나는 알게 되었다. 동물들의 짝짓기와 사람들의 섹스는 어른들의 말로 쟁취라 불린다는 사실을. 녀석이 말을 이었다.

"그러고 보면 동물이나 사람이나 똑같아. 특히 남자는 더욱. 어떠한 난관이 있어도 여자를 쟁취해내야 하잖아. 슬프지 않냐?"

슬프긴 개뿔. 하지만 녀석은 정말로 몹시 슬픈지 전보다 더 큰 목소리로 말했다. 그것도 자기의 아랫도리를 꽈악, 움켜쥐고는 몸을 부르르, 떨기도 하면서.

"그래도 어쩌겠니? 운명인 것을."

아무리 보아도 이상한 녀석이었다. 그건 그렇다 치고, 문득 궁금해졌다. 그러니까 싸움에서 진 원숭이는 과연 어떻게 됐을 지가. 내가 묻자, 녀석은 잠시 고민하는가 싶더니 이렇게 대답했다.

"다른 원숭이들의 이나 잡아먹겠지. 아님 한강에서 소주나 까든가."

그리고는 이어서 말했다. 자기가 하고 싶은 말은 결국, 좋아하는 여자가 생기면 어떤 수단과 방법을 써서라도 기필코 자기 것으로 만들어야 하는 게 남자의 본분이라고. 그때, 나는 나도 몰래 녀석의 눈을 슬쩍, 보아버렸다. 물론 아주 잠깐이었지만, 분명 녀석의 눈은 자기가 하는 말을 정말 사실로 여기고 있는 사람의 그것이었다. 마치 내 뒷자리에 앉는 우리 반 아이가 산타클로스가 정말로 살아있다고 말할 때의 그것처럼.

나는 녀석의 말을 곱씹어보았다. 동시에 생각했다. 녀석이 대체 왜 내게 이런 이야기를 들려주었을까를. 아무래도 찜찜했다. 내가 물었다.

"혹시 아저씨가 우리 엄마를 쟁취한 거예요?"

녀석은 눈을 슬그머니, 위로 치켜떴다. 입술도 서너 번 오물거렸다. 나는 그 순간이 너무 길게 느껴졌다. 순간, 녀석이 오물거림을 멈췄다. 나는 침을 꼴딱, 삼켰다. 물론 삼키는 소리를 녀석이 듣지 못하도록.

잠시 후, 녀석이 고개를 한 번, 그것도 아주 흡족하다는 표정을 하고서 끄덕, 였다. 기분이 몹시 이상해졌다. 그 말은 즉, 녀석이 짝짓기를 통해 엄마와 짝이 되었다는 뜻이니까. 사람으로 따지면 녀석이 섹스를 통해 엄마와 사랑을 확인했다는 뜻이기도 하니까.

결국 나는, 우울해졌다. 하지만 아직 끝이 아니었다. 저편에서 또 하나의 생각이 내게로 달려들고 있었다. 그것은 안타깝게도 마음씨가 몹시 나쁜 녀석이었다. 바로 싸움에서 진 원숭이가 바로 우리 아빠일 것이라는 생각. 나는 곧장 녀석에게 물었다. 실은 좀 더 그럴싸하게 묻고 싶었다. 하지만 마음이 몹시 조급했던 바람에, 나도 몰래 이런 유치한 말이 나와 버렸다.

"그럼 우리 아빠는 지금 한강에서 소주 마시고 있어요?"

녀석은 조금 전처럼 고개만 끄덕, 일 뿐 다른 어떤 말도 하지 않았다. 우울함의 두께가 두 배, 아니, 발톱에서부터 머리끝까지 불어나기 시작했다. 등골에서는 불꽃이 타닥타닥, 타오르기 시작했다. 나는 황급히 티셔츠 색을 확인했다. 붉은색 티셔츠를 입었기 때문에 몸에 불이 붙은 것이기를 바라며. 하지만 아쉽게도 검은색 티셔츠였다.

그새 등골에서 타오른 불꽃은 어느새 불길이 되어 활활, 위로 번지고 있었다. 그 바람에 가슴에 장착되어있던 로켓에까지도 불이 붙어버렸다. 엉겁결에 발사된 로켓은 식도를 지나 목젖, 그리고 코까지 뿌연 매연을 마구 뿜어내며 위로 치솟기 시작했다. 로켓이 결국 눈 뒤까지 올라왔지만, 더 이상 갈 곳이 없어 요란하게 허공을 맴돌았다. 내 몸 속 전체는 로켓이 뿜어낸 뿌옇고 뜨거운 매연으로 가득 차버렸다. 어디론가 가야만하는 로켓이 하는 수 없이 눈이라도 뚫고 튀어나가는 것은 시간 문제였다. 그러다 끝내 펑! 역시나 로켓이 일을 내고 말았다. 나는 황급히 두 손으로 눈을 감싸 안았다. 아주 뜨거운 어떤 것이 손가락 사이로 주륵주륵, 흘러나왔다. 눈을 가리고 있어, 나는 그것이 무엇인지 확인하지 못했다. 아마도 그것은 눈 뒤에서 터져버린 로켓의 파편들이 아니었나한다. 어쨌거나 분명 눈물은 아니었을 것이다. 왜냐하면 사나이는 눈물을 흘리지 않으니까.

절대로.

여자는 예뻐야 사랑 받는다

"요새 무슨 일 있어?"

수업을 마치고서 곧장 집으로 향하던 나를 리아가 뒤따라오며 말했다. 하지만 나는 리아와 말을 나눌 기분이 아니었다. 사실 그녀뿐 아니라, 그 누구와도.

"무슨 일 있냐니까?"

결국 나는 마지못해, 이렇게 대답했다.

"아무것도."

역시나 지난번처럼 모든 것을 일일이 늘어놓고 싶지 않아서였다. 알리고 싶지 않아서였다. 알려도, 무척 화목한 가정에서 살고 있는 리아가 나를 이해하지 못할 것이 빤해서였다. 리아가 말했다.

"또 그 소리."

그리고는 더 이어서 말했다. 알고 보면, 그 말은 아무것도 없는 사람이 하는 말이 아니라고. 오히려 아무것도 있는 사람이 하는 말이라고.

"그걸 네가 어떻게 알아."

"내가 왜 모른다고 생각하는데?"

그러고 보니 그랬다. 하지만 다시 생각해보면, 모를 것이 당연했다. 나는 나의 일을 리아에게 말한 적이 한 번도 없었으니까. 리아가 말했다.

"그래서 내가 너를 건방진 놈이라고 부르는 거야."

불쑥, 짜증이 났다. 물론 리아의 말들 때문에. 아무것도 모르면서 자꾸 안다는 듯 말하는데다, 건방진 놈이라고 부르기까지 했으니까.

나는 리아에게로 휘릭, 고개를 돌렸다. 그리고는 버럭, 소리치려는데, 리아가 말했다.

"엄마 아빠 때문이지?"

나는 막 벌어지려던 입을 스르르, 도로 닫았다. 어찌된 일인지, 리아가 아무것도 모르고 있지는 않은 것 같아서였다. 리아가 또 말했다.

"아무 대답 안 해도 좋아."

그리고는 걸음을 멈칫, 했다. 화난 것 같기도, 걱정스러운 것 같기도 한 표정이었다.

"대신 부탁 하나만 할래. 앞으로는 나한테 아무것도라는 말 하지마. 절대로."

나는 이해가 안 된다는 듯 눈을 동그랗게 떴다. 리아가 다시 걸음을 옮기며 말을 이었다.

"그 말을 들으면, 내 기분이 갑자기 엄청 심심해진단 말이야."

"네가? 왜?"

"그건 네가 나를 무시하는 거니까."

리아는 잠시 사이를 두고 조심스레, 말을 이었다.

"나도 너만큼 아무것도가 있어."

그 말에 나는 이렇게 대답했다.

"그래서 나더러 뭐 어쩌라는 거야?"

단, 속으로. 리아가 말했다.

"날씨도 좋은데 조금만 걷자."

나는 당장 집으로 돌아가고 싶었지만, 리아의 말대로 하기로 했다. 그녀의 눈이 내게 부탁하고 있었으니까. 들어주지 않으면 눈물을 왈칵, 쏟아버리기라도 할 것처럼.

걷다보니 공원이 보였다. 내가 먼저 그곳으로 발을 들이자, 리아가 자연스레 따라 들어왔다.

너머로 작은 연못 하나가 있었다. 연못에는 물결대신 정적이 흐르고 있었다. 물 위로 비친 나와 리아 외에는, 아무도 살고 있지 않았다.

리아는 주위에 난 바위 위에 앉았다. 나는 그녀의 옆 모래 바닥에 앉았다. 그녀는 물 위에 비친 자기 모습을 보며, 지난번처럼 또 머리카락들을 가다듬거나, 볼을 매만지거나 했다. 문득, 어떤 생각이 난 내가 물었다.

"온 세상이 거울이라면 여자들은 어떻게 될까?"

"무슨 말이야?"

"만약에, 하늘도 거울. 땅도 거울. 벽도 거울. 풀도 거울. 나무도 거울. 사람도 거울. 개도 거울. 전부 다 거울이야. 그러면 여자들은 엄청 좋아하겠지?"

리아는 잠시 사이를 두고 대답했다.

"아니. 전혀."

"왜? 싫어?"

"당연하지."

"근데 왜 자꾸 거울 봐? 좋아서 보는 거 아냐?"

"꼭 그런 건 아냐."

"그럼 뭐야."

"여자가 왜 자꾸 거울을 보는 거냐면."

리아는 조금 전보다 더 긴 사이를 두고 말을 이었다. 이상하게도, 나와 눈을 마주치지 않으면서.

"사랑, 받고 싶어서 그런 거야."

"거울 보면 사랑받아?"

"그게 아니라, 거울을 봐야 예뻐질 거 아냐. 사랑은 예뻐야 받을 수 있는 거거든."

"그래?"

"응. 예뻐야 사랑받아. 여자는."

그때, 나는 깨달았다. 엄마가 그날 밤 갑자기 화장을 시작한 이유가 바로 누군가에게 사랑을 받고 싶기 때문이었다는 것을. 그것도 아빠가 아닌, 변호사 녀석에게서부터.

"그래서 그랬구나."

리아가 내게로 획, 고개를 돌렸다. 애매한 표정이었다. 놀란 것 같으면서도, 무언가 의아해하는 표정 같기도 했다. 어쩌면 무언가 기다리는 표정 같기도. 리아가 말했다.

"뭐가?"

나는 잠시 사이를 두고 말을 이었다. 그런데 한 마디 두 마디, 하다 보니 이상하게도 말이 계속 나왔다. 결국 나는 엄마가 지난 몇 년간 안 하던 화장을 갑자기 시작한 사실부터, 아빠가 출장을 떠난 사실, 변호사 녀석이 나타난 사실, 그리고 어쩌면 아빠가 돌아오지 않을 지도 모른다는 사실까지 나도 몰래 리아에게 전부 늘어놓아버렸다.

말을 마치고 나자, 갑자기 쑥스러운 기분이 밀려들었다. 한편, 차라리 잘됐다는 생각도 들었다. 이제야 리아가 더는 내가 자기를 무시하지 않는다고 생각할 것이었으니까. 그래서 더는 심심해하지 않을 것이었으니까.

나는 그녀의 표정을 자세히 살폈다. 여전히 애매한 표정이었다. 아무렇지 않은 표정 같으면서도, 무언가 걱정하는 표정 같기도 했다. 어쩌면 무언가 실망한 표정 같기도. 리아가 말했다.

"아빠 만나고 싶어?"

"그렇지."

"그럼 가보자."

"어디?"

"어디긴 어디야. 한강이지."

"한강?"

"응. 한강. 너희 아빠가 지금 거기 계실지도 모르잖아."

나는 아뿔싸, 했다. 그때껏 내가 왜 그 생각을 못했었는지 싶어서였다. 그랬다. 변호사 녀석의 말이 맞다면, 아빠는 한강에서 소주를 마시고 있을 것이 분명했다. 그러고 보니, 한강은 나와 같은 초등학생이 걸어서 가기에는 꽤 멀지만, 엄마 같은 어른이 차를 타고 가기에는 무척 가까웠다. 그러니까 한강이 바로 엄마가 말한 멀고도 가까운 곳일지도 몰랐다. 내가 말했다.

"아빠가 정말 한강에 있을까?"

"그야 모르지만. 혹시 모르잖아. 정말 있을 수도."

"어떻게 가는지 알아?"

"당연하지."

리아가 자리에서 일어나더니 어디론가 걸음을 옮기기 시작했다. 나 또한 냉큼 자리에서 일어나 그녀를 따라 나섰다.

리아의 걸음은 망설임이 없었다. 무척 날렵했다. 나의 다리가 그녀의 다리보다 더 긴데도, 쉽사리 발을 맞출 수 없었다.

공원을 빠져나온 리아와 나는 학교를 지나, 긴 길 위에 올랐다. 그리고는 앞으로 계속 걸어 마포구청을 지나, 큰 대로와 마주했다. 대로를 따라 걷자, 다리가 나왔다. 다리를 건너자, 월드컵 경기장이 보였다. 조금 더 걷자, 사거리 하나가 나왔다. 나와 그녀는 사거리를 대각선으로 가로질러 건너편을 향해 걸음을 옮긴 다음, 길게 늘어선 길을 앞만 보고 계속 걸었다. 그리고 그렇게 잠시 후, 정말로 한강에 도착했다.

"우와."

"놀라기는. 한강 처음 와보니?"

내가 감탄을 했던 이유는 탁 트인 시야에, 서늘한 바람, 그리고 잔잔한 물소리와 저녁 노을이 꼭 리아와 내가 오길 기다리기라도 한 듯 펼쳐져 있어서였다.

하지만 그것이 문제라면 문제이기도 했다. 왜냐하면 한강은 너무 넓고 길었으니까. 한강을 다 뒤져 아빠를 찾으려면 한 달을 써도 모자를 것 같았다. 리아가 말했다.

"일단 여기서부터 저기 보이는 63빌딩까지 찾아보는 거야. 특히 소주를 마시고 있는 사람 위주로."

리아와 나는 63빌딩을 향해 걷기 시작했다. 강가에는 사람들이 꽤 많이 나와 있었다. 막 여름이 시작된 즈음이라 그런지 싶었다.

뛰거나, 걷거나, 자전거를 타거나 하는 등 운동을 하는 사람도 많았다. 그래서 마음껏 아빠를 찾아다니기가 영 쉽지 않았다. 게다가 자전거들이 너무도 씽씽, 지나다니는 바람에 위험하기까지 했다. 하지만 이왕 한강까지 온 이상, 적어도 63빌딩까지는 찾아가 봐야했다.

열심히 고개를 두리번거리던 내게 리아가 말했다.

"아빠랑 너랑 닮았어?"

"응."

내가 아빠를 닮은 것인지 아니면 아빠가 나를 닮은 것인지는 모르겠지만, 어쨌거나 서로의 생김새는 무척 닮았었다.

"그건 갑자기 왜?"

"바보야. 그걸 알아야 내가 너희 아빠를 찾을 수 있을 거 아냐."

"아. 그렇구나."

"너는 똑똑한 것 같으면서도 바보 같을 때가 있어."

내가 바보 같았는지는 잘 모르겠지만 리아가 나보다 똑똑한 것은 분명해 보였다. 단, 그때 그 순간만큼만. 내가 물었다.

"너는 누구랑 닮았어?"

리아는 잠시 사이를 두고 입을 열었다.

"그런데 한강에는 왜 이렇게 소주 마시고 있는 사람들이 많은 거니?"

그러고 보니 그랬다. 정말로 한강에는 소주를 마시고 있는 사람들이 남자 여자 할 것 없이 엄청 많았다. 그래서 아빠를 찾기가 더 힘들었다.

걷고 또 걸어도 사람이 많은 것은 여전했다. 소주를 마시고 있는 사람들이 많은 것 또한. 그 중에는 기분이 좋아 보이는 사람도 있었다. 반면 기분이 그다지 좋지 않아 보이는 사람도 있었다. 그런 사람은 대부분 혼자 소주를 마시고 있는 경우였다.

신기하게도, 혼자 소주를 마시고 있는 사람이 꽤 많았다. 그들에게는 공통점이 하나 있었다. 모두들 시선이 계속 어느 한 곳에만 머물러 있었다는 것. 누구는 흐르는 강물만 보는 것 같았고, 누구는 떠가는 구름만 보는 것도 같았고, 누구는 건너편 도로를 지나는 차들을 보는 것도 같았으며, 누구는 어쩌면 아무것도 보고 있지 않은 것도 같았다. 그런 그들을 보며, 나는 생각했다. 어쩌면 그들은 누군가와의 싸움에서 진 원숭이들일지 모른다고. 모두들 누군가에게서 사랑을 확인하지 못한 사람들일지 모른다고. 바로 우리 아빠처럼.

한강에는 소주를 마시고 있는 사람들 외에, 다른 종류의 사람들도 꽤 많았다. 바로 심심해 보이는 사람들. 리아도 나와 같이 느꼈는지, 내게 이런 제안을 건넸다.

"어떤 사람들이 가장 심심해 보이는지 순위를 정해보자."

나는 리아가 어떤 생각으로 그런 제안을 건넨 것인지 쉽게 알아차릴 수 있었다. 왜냐하면 그녀도 나도 모두 심심함을 알고, 또 알아보는 사람이었으니까.

그렇게 리아와 내가 정한 5위부터 1위까지의 순위는 바로 이랬다.

5위: 혼자서 가만히 강물만 바라보고 있는 사람

4위: 혼자서 소주를 3병 이상 마신 사람

3위: 혼자서 강물에다 대고 욕을 퍼붓는 사람

2위: 혼자서 기타를 치며 노래를 부르고 있는 사람

끝으로 1위는 바로 이런 사람이었다.

1위: 어깨에 새 한 마리를 얹고 있는 사람

1위의 사람을 보며, 나는 결심했다. 내가 나중에 어른이 되었을 때, 아무리 심심해하고 있다하더라도 절대 새를 키우지는 않겠다고!

마침내 리아와 나는 63빌딩까지 도착했다. 하지만 끝내 아빠를 찾지 못했다. 내가 말했다.
"없네. 여기가 아닌가봐."
"괜찮아. 언젠가는 돌아오실 거야."

집으로 돌아가는 길. 어느새 밤이 되어있었다. 반짝이 옷을 입은 63빌딩이 물 위에서 춤을 췄다. 맞은 편 도로에서 차들이 불꽃놀이를 하며 달렸다. 물 위에 놓인 다리가 빨간 구두로 갈아 신었다. 그런 눈앞의 풍경들을, 리아와 나는 한동안 가만히 바라보았다. 서로 아무런 말도 하지 않았다. 그런데도 서로 이야기를 하고 있는 것과 다름없었다. 그녀와 나의 머릿속에는 어차피 이 말 한마디만 떠다니고 있었을 테니까.
"예쁘다."
그렇게 한참을 소리 없는 이야기를 하며 걷던 중, 리아가 내게 물었다.
"나는 이제 심심하지 않은데. 너는?"

나는 곰곰이 생각해보고는 조심스레, 이렇게 대답했다.

"나도."

리아의 집 앞에 도착했다. 집에 불이 켜져 있는 것으로 보아, 그녀의 부모님들이 돌아와 있는 것 같았다. 내가 말했다.

"잘 가."

그런데, 리아가 걸음을 옮기지 않고 가만히 서있기만 했다. 그것도 내 눈을 빤히, 바라보면서. 나는 갸우뚱, 하다는 듯 그녀에게 물었다.

"안 들어가고 뭐해?"

그런데도 리아는 여전히 걸음을 옮기지 않고 가만히 서있기만 했다. 역시나 내 눈을 빤히, 바라보면서. 나는 또 갸우뚱, 하다는 듯 그녀에게 물었다.

"나 먼저 간다?"

그때서야 리아는 스르르, 몸을 돌렸다. 그리고는 집을 향해 한 발, 옮겨갔다. 내가 말했다.

"잘 가."

리아가 한 발 더 내딛었다. 하지만 세 발째, 걸음을 멈칫, 하고는 다시 내게로 고개를 돌렸다. 리아가 말했다.

"바보."

그리고는 집으로 휘릭, 들어가 버렸다. 이상했다.

집으로 돌아오자, 웬 일로 엄마가 밖에 나가지 않고 있었다. 물론 그럴만한 이유가 있었다. 변호사 녀석이 대신 집에 와있었다.

나는 짜증스럽게 신발을 벗어던지고는 집 안으로 들어섰다. 엄마는 몹시 행복해 보이는 얼굴로 녀석과 이야기를 나누고 있었다. 얼굴에는 역시나 화장이 되어있었다. 전보다 더 짙어진 것으로 보아, 녀석에게서 보다 더 많은 사랑을 받고 싶어 하는 것 같았다.

그런 엄마에게 나는 이래저래 막 따져대고 싶었다. 지금 대체 뭐하는 짓인지. 뭐가 그리도 행복한 건지. 저 남자는 대체 왜 지금까지 집에 있는 건지. 그리고 아빠가 걱정도 안 되는지. 그나저나 멀고도 가까운 곳이란 대체 어디인지. 그래서 나는, 정말로 그렇게 따져댔다.

내가 말을 마치자, 엄마가 나를 빤히 쳐다보았다. 입으로는 아무 말도 하지 않았다. 대신 눈으로 이렇게 말했다.

"엄마 좀 이해해줘. 응?"

물론 나는 전혀 이해 할 생각이 없었다. 그런데도 그냥 아무 말 없이 방으로 걸음을 옮겼다. 더 따져봤자, 엄마가 바뀔 것 같지 않아서였다. 그래서 내 목만 아플 것 같아서였다.

침대에 눕자, 아빠 생각이 났다. 그런데, 웬 일인지 아빠의 얼굴이 잘 떠오르지 않았다. 심지어 내가 좋아했던 아빠의 목소리마저도. 나는 생각했다. 언젠가 아빠가 돌아오면, 그때부터라도 아빠와 친해져야겠다고. 더 많이 아빠를 알아야겠다고. 그래야 혹시나 아빠가 또 어딘가로 출장을 떠나더라도, 내가 찾아 나설 수 있을 테니까. 그래야 아빠의 얼굴과 목소리를 절대 잊지 않을 수 있을 테니까. 하지만, 아빠는 이미 떠나고 없다.

이른들이 하는 '있을 때 잘해'라는 말이 이럴 때 하는 말인지 싶다. 하지만 나는 그 말을 마냥 인정할 수 없다. 설마 아빠가 없어질지 꿈에도 몰랐으니까. 누군가 내게 '아빠가 곧 없어질 거야'라고 말해주었다면, 나는 분명 있을 때 잘했었을 것이다.

한편, 이 말 하나만큼은 확실히 인정한다. 바로 '설마가 사람을 잡는다'라는 말.

나는 지금 정말로 설마에게 붙잡혀있다.

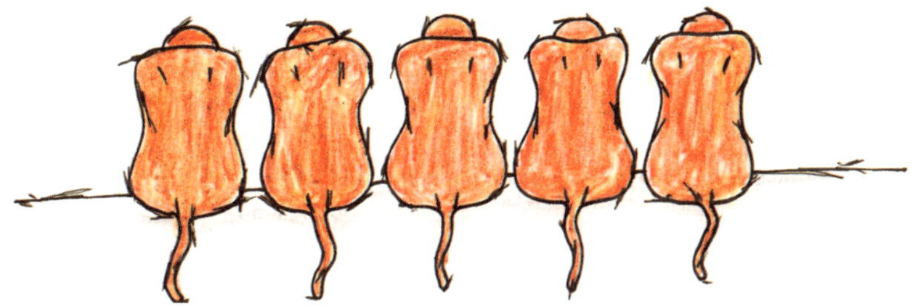

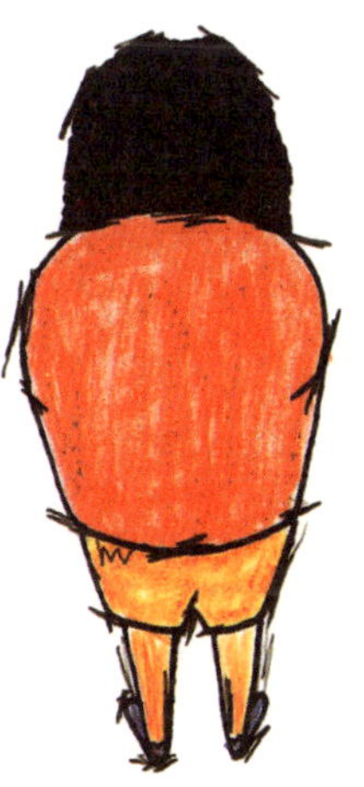

나는 못된 사람인가 보다

요새 나는 1주일에 두세 번 정도 변호사 녀석의 얼굴을 본다. 녀석의 옆에서 행복한 듯 미소 짓고 있는 엄마의 화장한 얼굴도 같이 본다. 그리고 영영 돌아오지 않을지도 모르는 아빠를 기다리기도 한다. 뭐. 그럭저럭 괜찮다. 그저 가끔씩, 나도 몰래 로켓이 펑! 하고 발사될 뿐이다.

하루는 한밤중, 엄마가 나의 방으로 들어온 적이 있다. 나는 베개에 얼굴을 파묻은 채, 자는 척 했다. 엄마의 얼굴을 보고 싶지 않아서였다. 아무 이야기도 하고 싶지 않아서였다.

그런데도 엄마는 내게 주절주절, 말을 늘어놓았다. 지금 당장은 힘들겠지만 곧 괜찮아질 거라는 둥, 변호사 녀석은 알고 보면 좋은 아저씨라는 둥, 미안하다는 둥. 심지어는 내 볼에다 입을 맞추더니 이렇게 말하기까지 했다.

"사랑해."

하지만 나는 아무 대답 않았다. 그저 계속 자는 척만 했다.

엄마가 밖으로 나가고 나서야 나는 스르르, 눈을 떴다. 그리고는 생각했다.

'엄마가 정말로 나를 사랑하는 것일까?'

나는 곧장 침대에서 몸을 일으켰다. 국어사전을 펼쳐, 그 위의 사랑과 엄마가 내게 한다고 말하는 사랑을 서로 비교해보았다. 아무리 보아도, 엄마가 내게 한다고 말하는 것은 사랑이 아닌 것 같았다. 그렇다고 사랑이 아니라 다른 무엇이라고 설명할 수도 없었다. 그래서 그저 애매하기만 했다.

하루는 갑자기 너무 짜증이 났다. 베란다에 세워진 아빠의 자전거와 눈이 마주쳐서였다. 체인이 이미 새까매져 있었다. 하얗기만 했던 몸통에 잔뜩 때가 앉아 있었다. 그것도 표정이 서러운지 아닌지를 알아볼 수 없을 정도로. 그런데도 거실의 십자가는 아빠가 떠나던 날이나 그때나 한결같이 반짝반짝, 빛나고 있었다.

나는 십자가 앞으로 다가갔다. 문득, 떠오른 것이 하나 있어서였다. 바로 십자가 위에 새겨진 '서로 사랑하라' 라는 글귀. 나는 그것을 한참 들여다보았다. 동시에 이것저것 묻기도 해보았다.

"하나님. 왜 엄마와 아빠는 하나님 말을 듣지 않는 거야. 그냥 하나님이 억지로 엄마와 아빠를 서로 다시 사랑하게 해 주면 안 될까. 하나님은 뭐든지 다 할 수 있다며."

하시만 하나님은 아무 대답이 없었다. 그저 가만히 빛만 반짝반짝, 밝히고 있을 뿐이었다.

여전히 짜증이 가셔지지 않았던 나는, 지난번에 컴퓨터에 다운 받아 놓았던 총 쏘기 게임을 다시 해보았다. 눈앞에 나타나는 적들을 총으로 와다다, 갈겨댔다. 적에게서 조각난 살점들과, 핏덩이들이 이리저리 튀겼다. 그 모습을 보자 짜증이 조금 가라앉나 싶었지만, 곧장 다시 원래대로 되돌아가버렸다.

그러나, 적들을 변호사 녀석이라고 상상하고서 총을 갈겼을 때는 달랐다. 신기하게도, 짜증이 많이 가셨다. 특히나 녀석의 눈, 그러니까 내가 무슨 생각을 하는지 다 안다는 듯 나를 바라보는 그 눈을 집중적으로 갈겼을 때는 재미있기까지 했다! 실제로 할 수만 있다면 속이 다 시원해질 것 같았다.

물론 그렇게 할 수 없다는 것이 문제였다. 왜냐하면 게임 밖의 내게는 총이 없으니까. 문방구에 가면 살 수 있기는 하지만, 내게는 그럴 만한 돈이 없었다.

나는 하는 수 없이, 게임 속에서라도 변호사 녀석에게 총을 갈길 수 있는 것에 만족하며 게임을 하고, 또 게임을 했다. 그래서였는지 한동안은 기분이 그럭저럭 괜찮았다. 그런데 언제부턴가, 게임마저도 점점 재미없어지기 시작했다. 아니. 오히려 게임을 시작하기 전보다 더 큰 짜증만 떠안게 되어버렸다. 왜냐하면 내가 아무리 게임 속에서 총을 갈

기면서 재미있어 해봤자, 실제 변호사 녀석은 아무렇지 않은 얼굴에다, 아주 편안한 반바지차림으로 우리 집 거실 소파에 누워있는 것은 여전히 마찬가지였으니까. 물론 내가 무슨 생각을 하는지 다 안다는 듯 나를 바라보는 녀석의 눈 또한. 사실은 내가 무슨 생각을 하는지 하나도 모르고 있으면서 말이다.

그러다 나는 어제, 큰 실수 하나까지 저질러버렸다. 나도 몰래 화풀이인지 뭔지를 해버린 것이다.

쉬는 시간이었다. 책상에 가만히 앉아있던 내게, 누군가의 손길이 닿아져왔다. 그 손길이 나의 팔이나 등, 어깨, 목에 닿아있었으면 상관이 없었다. 하지만 나의 머리, 그것도 까치집에 닿아있어 상관이 있었다.

나는 냉큼 고개를 돌렸다. 그러자 손길의 주인이 보였다. 불행히도, 리아였다. 한강에 갔던 날 이후로, 그녀와 나는 조금 서먹해져있었다. 왜냐하면 내가 말을 걸어도, 무슨 이유에서인지 그녀가 아무 반응도 하지 않았었으니까. 그러다 그 후로 처음, 그녀가 먼저 내게 다가온 것이었다. 그런데도 나는 그녀에게, 나도 몰래 이렇게 외쳐버렸다.

"씨발. 내 머리 만지지 마!"

그러자 그녀가 화들짝, 놀라며 뒤로 한 걸음 물러섰다. 동시에 눈을 휘둥그레, 뜨기도 했다. 리아가 말했다.

"앞으로 다시는 나 아는 척 하지마."

그리고는 휘릭, 자기 자리로 돌아가 버렸다. 나는 생각했다. 까짓 거

아는 척 하지 않겠다고.

하지만 집에 돌아오자, 생각이 조금 바뀌었다. 문득, 불안한 마음이 들
어 젖꼭지가 아리기까지 했다. 그러니까, 리아가 앞으로 나를 싫어하게
될지도 모른다는 것 때문에. 나는 생각했다. 다음날 학교에서 그녀를
만나면 꼭 화를 풀어줘야겠다고. 그녀가 앞으로 나를 싫어하지 않게 하
려면 말이다.

하지만 오늘은 재수 없게도 놀토였다. 학교에서 리아를 볼 수 없어,
나는 곧장 그녀의 집으로 뛰어갔다.

그런데, 리아가 집에 없었다. 창문도 꽉 닫혀있었다. 현관문도 꽉 닫혀
있었다. 그래서 나는 하는 수 없이, 걸음을 옮겼다.

나는 집을 향해 걸어 나갔다. 길모퉁이에서 방향을 트는데 마침, 저만
치서 리아가 걸어오고 있는 게 보였다. 고개를 숙이고 있어, 얼굴을 볼
수 없었다. 손에 들린 비닐봉지로 보아, 슈퍼마켓에 다녀오는 길 같았다.

나는 후다닥, 리아 앞으로 다가섰다. 그때서야 그녀가 고개를 들어 나
를 바라보았다. 그런데, 작은 표정 하나조차 없는 얼굴이었다. 앞으로도
영원히 그럴 것처럼, 차갑고 딱딱했다.

그런 그녀가 내게서 눈을 떼고는 모르는 척 휙, 지나쳐갔다. 나는 다
시 그녀 앞으로 다가섰다. 하지만 그녀는 또 나를 모르는 척 휙, 지나
쳐갔다.

나는 또 다시 그녀 앞으로 다가섰다. 그런데도 그녀는 마찬가지였다.

나는 또 다시 그녀 앞으로 다가서려다, 그만 두기로 했다. 그녀의 화를 풀어낼 방법이 딱히 떠오르지 않아서였다. 웬 일인지, 미안하다는 말이 차마 입 밖으로 나오지 않아서였다. 입 밖으로 내뱉어도, 그녀가 여전히 작은 표정 하나조차 없는 얼굴을 할 것 같아서였다.

그새 리아는 어느새 그녀의 집 파란색 쪽문에 닿아있었다. 나는 눈으로 그녀의 옷자락을 힘껏, 잡아당겼다. 하지만 그녀는 내게로 고개를 돌리지 않았다. 그리고 그렇게 끼익, 문이 닫혀버렸다.

나는 다시 집을 향해 걸었다. 겁이 나기 시작했다. 그녀가 나를 이미 싫어하는 것 같아서였다. 동시에 몸에서 힘이 주르르, 빠져나갔다. 젖꼭지가 어제보다 더 찌릿찌릿, 아리기 시작했다. 걸음을 한 발 두 발, 내딛는 것이 몹시 힘겨워졌다. 그런데도 여전히 리아의 화를 풀어낼 방법이 떠오르지 않았다. 미안하다는 말이 입 밖으로 나오지 않았다. 입 밖으로 내뱉는다 해도, 그녀는 이미 문을 닫아버렸다.

나는 일단 걸음을 멈췄다. 그리고는 다시 한번 곰곰이 생각해 보았다. 아무래도 여전히 리아의 화를 풀어낼 방법이 떠오르지 않았다. 미안하다는 말이 입 밖으로 나오지 않았다. 입 밖으로 내뱉는다 해도, 그녀는 이미 문을 닫아버렸다.

그렇다고 그대로 포기할 수만은 없어 다시 후다닥, 리아의 집으로 걸음을 옮겼다. 그리고는 파란색 쪽문을 힘껏, 잡아당겼다. 하지만 잠겨있었다.

나는 리아의 집 담장을 위아래로 주욱, 훑었다. 내 키보다 두 배 정도

높았다. 하지만 살반하면, 내가 넘어갈 수 있을 것도 같았다.

나는 곧장 주위를 빙, 둘러보았다. 무언가 밟고 올라갈 만한 것이 있기를 바라면서. 하지만 아쉽게도, 없었다. 단, 길가에 나와 햇볕을 쬐고 있는 흰머리 할아버지의 의자 외에는.

나는 머리를 바삐 굴렸다. 할아버지에게서 의자를 빌릴 수 있는 방법을 떠올리기 위해서 말이다.

아무래도 직접 찾아가 부탁해보는 게 가장 나을 것 같았다. 내가 말했다. 물론 최대한 예의 바르고 깍듯한 말투로.

"할아버지. 저 의자 좀 빌려주세요."

하지만 할아버지는 그저 멀뚱멀뚱, 나를 쳐다보기만 할 뿐 아무 대답도 하지 않았다. 내가 다시 말했다. 조금 전보다 더 큰소리로.

"할아버지. 저 의자 좀 빌려주세요!"

그런데도 할아버지는 여전히 멀뚱멀뚱, 나를 쳐다보기만 할 뿐, 아무 대답도 하지 않았다. 나는 할아버지가 귀가 좋지 않아서 그런가 싶어, 조금 전보다 더 큰 소리로, 그것도 의자가 필요하다는 몸동작을 섞어 소리쳤다. 그러자 할아버지의 눈썹이 잠시 씰룩, 거렸다. 그때서야 내 말을 알아들었는지 싶었다. 하지만 아니었다. 할아버지는 또 다시 멀뚱멀뚱, 나를 쳐다보기만 할 뿐, 아무 대답도 하지 않았다.

아무래도 리아의 집 담장을 넘는 것은 불가능해 보였다. 그래서 하는 수 없이, 나는 몸을 돌렸다. 그리고는 집을 향해 걸음을 옮기려는데, 이상하게도 발이 멈칫, 거렸다. 무언가가 발에 걸려있는 것 같았다.

나는 냉큼 고개를 아래로 내렸다. 역시나 무언가가 나의 발에 걸려있었다. 바로 할아버지의 지팡이 손잡이가. 나는 휘릭, 할아버지에게로 고개를 돌리며 물었다.

"빌려주실 거예요?"

하지만 할아버지는 아무 대답 않았다. 그저 한 손을 들어 자기 어깨에 가져다대고는 주물주물, 거리기만 할 뿐이었다. 나는 갸우뚱, 하다는 듯 할아버지를 바라보았다. 대체 뭐 어쩌자는 건지 이해가 되지 않아서였다. 할아버지가 말했다.

"주물러."

그때서야 나는 할아버지가 한 행동의 뜻을 이해했다. 내가 물었다.

"그럼 빌려주실 거예요?"

할아버지는 말없이 고개만 끄덕, 이고는 어깨에서 손을 내려놓았다. 나는 고민했다. 물론 할아버지의 어깨를 주물러준 다음 의자를 빌릴지 말지를. 그런데 제기랄! 아무래도 하는 수 없는 것 같았다.

결국 나는 할아버지의 어깨를 주무르기 시작했다. 할아버지는 몹시 시원한지 가끔씩 키득키득, 거리기까지 했다. 나는 생각했다. 세상에는 공짜가 없나보다고.

다 주무르고 나자, 할아버지는 약속대로 내게 의자를 빌려주었다. 나는 의자를 들고 냉큼, 리아의 집 담장 앞으로 다가섰다. 그리고는 의자 위에 올라서서 풀쩍, 뛰어 올랐다. 담장 위 쇠기둥을 붙잡을 작정이었다. 하지만 쉽지 않았다. 몇 번이나 반복해서 시도한 끝에 겨우 붙잡을 수 있었다.

마침내 나는 리아의 집 안으로 들어갔다. 하지만 문제가 하나 있었다. 담장 위에서 내려오다 그만, 바닥에 엎어져버렸다. 그 바람에 옷이 더러워졌다. 몸과 얼굴에 흙먼지가 잔뜩 묻어버렸다. 바지 무릎에 작은 구멍이 나고, 핏방울이 살짝 맺히기까지 했다. 하지만 상관없었다. 어쨌거나 리아의 집 안으로 들어오는 데는 성공했으니까.

나는 리아의 방 창문으로 다가섰다. 발꿈치를 있는 대로 들어올렸다. 안을 둘러보았다. 하지만 그녀가 보이지 않았다.

나는 소리쳤다. 그녀의 이름을. 하지만 아무 대답이 없었다. 다시 소리쳐 보아도, 마찬가지였다. 그녀가 집 안 어딘가에 있는 것이 분명했지만, 나는 확인할 수 없었다.

나는 리아의 집 현관문을 잡아당겨보았다. 잠겨 있었다. 나는 또 소리쳤다. 리아의 이름을. 하지만 아무 대답이 없었다. 다시 소리쳐 보아도, 마찬가지였다. 그녀가 집 안 어딘가에 있는 것이 분명했지만, 나는 확인할 수 없었다.

결국 나는 리아가 나올 때까지 문 앞에서 기다리기로 했다. 그것이 내가 할 수 있는 마지막 방법인 것 같아 그랬다.

일단 계단 위 적당한 곳에 앉았다. 그리고는 기다렸다. 또 기다렸다. 또 다시 기다렸다. 또 다시 계속 기다렸다. 이따금씩 소리도 쳐보았다. 하지만 그녀는, 마찬가지였다. 그녀가 집 안 어딘가에 있는 것이 분명

했지만, 나는 확인할 수 없었다. 그래도 나는, 계속 기다렸다.

그러다 나도 몰래 그만, 졸아버렸다. 나는 그 사실을 무언가가 얼굴에 닿아 있는 것을 느끼고 나서야 깨달았다.

눈을 뜨자, 하얗고 부드러운 무언가가 내 눈을 가리고 있었다. 손수건 같았다. 나는 그것을 슬며시, 재꼈다. 그러자 보였다. 팔짱을 끼고 서있는 리아의 모습이. 하지만 얼굴은 여전히 무표정했다. 앞으로도 영원히 그럴 것처럼, 차갑고 딱딱했다. 그녀가 말했다.

"뭐하는 거야 지금? 더럽게."

그때, 리아의 눈살이 찌푸려졌다! 기뻤다. 그녀의 얼굴에 작은 표정이 생긴 것이었다.

"빨리 닦기나 해."

나는 얼굴을 더듬어 보았다. 더러운 흙먼지와, 풀 조각들이 손에 묻어나왔다. 그때서야 나는 손수건으로 얼굴을 닦기 시작했다. 하지만 잘 닦이지 않았다. 조금 더 빡빡, 닦아 보았지만, 여전히 잘 닦이지 않았다. 물론 그럴 만도 했다. 땀과 엉킨 흙먼지들이 내가 자는 사이 얼굴 위에서 딱딱, 하게 굳어져버려 있었으니까.

그런 나의 모습을, 리아가 여전히 팔짱을 낀 채 바라보고 있었다. 멋쩍어진 나는 머리를 긁적긁적, 거리기만 했다. 그녀가 말했다.

"휴. 어른인 내가 참아야지."

그리고는 혼잣말하듯 중얼중얼, 대더니 내게서 몸을 휘릭, 돌리며 이렇게 말했다.

"씻고 가든지."

그때, 나는 보아버렸다. 리아의 입가에 얼핏, 비쳐졌던 미소를. 마침내 화를 풀었다는 표시였다. 동시에 더는 나를 싫어하지 않는다는 표시이기도 했다.

나는 리아의 집 화장실로 들어갔다. 그리고는 더러워진 몸과 얼굴을 깨끗이 씻었다. 동시에 생각했다. 여자의 화를 풀려면, 더러운 꼴이라도 보여야 하나보다고.

거실로 나가자, 창밖으로 정원의 나무가 보였다. 그런데, 전과 많이 다른 모습이었다. 어느새 잎들이 무성해져 있었다. 그것도 더는 나뭇가지가 보이지 않을 만큼.

고개를 돌리자, 리아가 보였다. 부엌 싱크대 앞에 서있었다. 사각사각, 대는 소리로 보아 과일을 깎고 있는 것 같았다.

나는 리아에게 닿아 있던 눈을 위에서 아래로 더듬어 내려갔다. 그녀의 온 몸이 창밖에서 들어오는 햇볕에 흠뻑, 적셔져있었다. 무척이나 붉고 노랗지만, 어딘가 편안해 보였다.

잠시 후, 리아와 나는 식탁에 마주앉아 사과를 하나씩 입에 물었다. 리아의 입에서는 냠냠, 소리가 났다. 하지만 나의 입에서는 쩝쩝, 소리가 났다. 불공평했다!

얼마 지나지 않아 리아의 냠냠, 소리가 사라졌다. 나의 쩝쩝, 소리도 사라졌다. 그 틈을 타 정적이 나머지 빈 의자에 슬그머니, 와 앉았다. 나는 바지 무릎에 나있던 구멍으로 손을 스르르, 가져다 댔다. 피가 그새 굳어버려 딱지가 되어있었다.

나는 곧장 딱지를 벅벅, 긁었다. 가려워서 긁은 것은 물론이었다. 하지만 그보다도, 정적을 쫓아내기 위해서가 더 컸다.

"칠칠맞게 그게 뭐냐?"

고개를 돌리자, 리아가 나를 바라보고 있었다. 그것도 눈살을 질끈, 찌푸린 채로.

"이거? 조금 전에…"

나는 창문 너머로 보이는 담장을 가리키며 말했다. 리아는 한동안 가만히 나를 바라보고는 한 숨 푹, 내쉬었다.

"있어 봐."

그리고는 자리에서 일어나 자기 방으로 들어갔다.

잠시 후, 리아가 무언가를 손에 들고서 다시 식탁으로 다가왔다. 그리고는 스르르, 내 앞에서 무릎을 굽히며 무언가를 바닥에 내려놓았다. 실과 바늘이었다. 그녀가 말했다.

"다리 뻗어봐."

나는 구멍이 있는 다리를 뻗었다. 리아는 손가락으로 내 무릎에 난 구멍을 이리저리 들췄다. 그럴 때마다 리아의 살이 내 살에 닿고, 또 닿았다. 따뜻했다. 부드러웠다. 그런데, 이상했다. 다름이 아니라, 그녀의 손톱이. 내가 말했다.

"손톱 색깔 바꿨네?"

그랬다. 리아의 손톱 색깔은 더 이상 파란색이 아니었다. 초록색이었다. 내가 말했다.

"언제 바꾼 거야?"

리아는 잠시 사이를 두고 대답했다.

"그저께."

"왜?"

이상하게도 리아는 아무 대답 않았다. 내가 말했다.

"이제 파란색이 싫어?"

리아가 또 아무 대답 않자, 내가 다시 말했다.

"근데 너 초록색 싫어하지 않았었나?"

리아는 조금 전 보다 더 긴 사이를 두고 대답했다.

"움직이지 말고 가만히 있어."

그리고는 내 바지에 난 구멍을 꿰매기 시작했다. 나는 생각했다. 왜인지는 모르겠지만, 리아는 더 이상 파란색을 좋아하지 않나보다고.

리아는 아무 말 없이 계속 내 바지에 난 구멍만 꿰맸다. 그녀가 내쉬는 숨이 나의 살에 살포시, 닿고 또 닿았다. 조금은 간지럽지만, 기분이 나쁘지만은 않았다. 그녀의 온몸이 여전히 햇볕에 흠뻑, 적셔져있었다. 무척이나 붉고 노랗지만, 역시나 어딘가 편안해 보였다. 그녀가 손가락을 움직일 때면 손톱의 초록이 햇볕에 반짝, 이고 또 반짝, 였다. 그것도 아주 맑고, 투명하게. 초록은 그녀의 손톱뿐만 아니라 눈동자에서도 반짝, 이고 있었다. 하지만 아주 조용하고, 수줍게.

그러고 보니, 리아에게서 바뀐 것은 손톱 색깔뿐만이 아니었다. 옷도 바뀌어 있었다. 그녀는 더 이상 평퍼짐한 옷을 입고 있지 않았다. 오히려 몸에 매끈, 달라붙는 옷을 입고 있었다.

그런 그녀를, 나는 한동안 가만히 바라보았다. 정확한 이유는 알 수 없지만, 웬 일인지 그녀가 평소와 달라 보여서였다. 그것도 아주 많이.

잠시 후, 구멍을 다 꿰맨 리아가 스르르, 내게로 고개를 들었다.

"다 됐다."

그때까지도 나는 리아를 가만히 바라보고 있었다. 그런 나를, 그녀가 갸우뚱, 하다는 눈으로 쳐다보며 말했다.

"뭘 그렇게 뚫어져라 봐?"

"너."

리아는 자기 얼굴에 뭐라도 묻었는지 싶어 손으로 만지작만지작, 거렸다.

"나? 왜?"

나는 머릿속을 떠다니는 여러 가지 단어들을 한데 뭉친 다음, 큰 덩어리로 만들어서 리아에게로 휙, 던졌다.

"아름다워서."

그랬다. 그 순간, 리아가 짓는 모든 표정이 다 아름다워 보였다. 그동안 내가 보아온 것들과는 어딘가 조금 다르긴 했지만. 어쨌거나 그녀에게는 더 이상 구멍이 난 듯 텅 빈 눈동자도, 눈 아래로 얕게 진 그림자도, 살짝 아래로 내려간 입꼬리도 없었다. 그저 아름답기만 했다. 리아가 물었다.

"내가 아름다워 보여?"

"응."

"정말?"

정말이었다. 하지만, 그 이유는 아무래도 알 수가 없었다. 그저 애매하기만 했다. 분명 어떤 이유가 있었을 텐데도. 내가 대답했다.

"응. 정말. 특히 지금."

나의 말에 리아가 샐쭉, 얼굴을 붉히고는 내게서 눈을 떼며 말했다.

"아무리 그래도 그렇지. 그렇게 뚫어져라 쳐다보는 건 실례야."

"그래? 왜?"

리아가 아무 대답 않자, 참다못한 내가 먼저 입을 열었다.

"낙서해도 돼?"

리아는 잠시 고민하나 싶더니 끝내, 못 이기는 척 허락해주었다. 단, 이번에도 역시나 낙서를 자신에게 줘야한다는 조건으로.

나는 리아에게서 종이와 연필, 그리고 색연필들을 빌렸다. 그리고는 마침내, 아름다운 순간을 낙서하기 시작했다.

아름다운 순간을 낙서하는 것은 오늘이 두 번째였다. 실패했었던 기억 때문에, 나는 지난 번 보다 더 노력했다. 하지만 역시나 쉽지 않았다. 어떻게 해도 결코 아름다워지지 않았다. 그렇다고 아름답지 않지도 않았다. 그저 애매하기만 했다.

하지만 나는 포기하지 않았다. 내가 할 수 있는 최대한 노력했다. 그런데도 끝내, 성공할 수 없었다. 나는 생각했다. 아무리 노력하고, 또 노력해도 낙서할 수 없는 것이 있나보다고.

나는 고개 숙인 채 한참을 가만히 있기만 했다. 기분이 몹시 꿀꿀, 해진 바람에 고개가 잘 들어지지 않아서였다. 그동안 리아는 나의 낙서를 들여다보고 있었다. 그녀가 말했다.

"아름답다."

그때서야 나는 스르르, 고개를 들었다. 그리고는 슬며시, 리아를 바라보았다. 그때까지도 그녀는 여전히 아름다웠다. 하지만 나의 낙서는 역시나 아름답지 않았다. 내가 말했다.

"거짓말."

"정말이야."

리아가 낙서에서 눈을 떼고는, 내게로 고개를 돌리며 말했다.

"고마워."

그리고는 낙서에 사인을 해달라고 부탁했다. 하지만 나는 끝내, 사인을 하지 않았다. 왠지 나의 이름을 넣고 싶지 않아서였다.

잠시 후, 리아와 나는 다시 식탁에 마주 앉았다. 리아는 여전히 나의 낙서에서 눈을 떼지 못하고 있었다. 맘 같아서는 리아에게서 낙서를 도로 빼앗아 갈기갈기, 찢어버리고 싶었다. 하지만 할 수 없었다. 어쨌거나 리아가 마음에 들어하고 있었으니까.

시산이 시나도 마음이 편해지지 않이, 나는 하는 수 없이 자리에서 일어나 식탁에서 멀리 떨어져버렸다. 낙서가 눈에 거슬리지 않도록 최대한 멀리.

나는 한동안 거실 이리저리를 어슬렁어슬렁, 댔다. 그러다 저벅저벅, 리아의 가족사진 앞으로 다가섰다. 문득, 궁금한 것이 하나 떠올라서였다.

나는 다시 식탁으로 가 리아와 마주 앉았다. 그녀는 여전히 낙서를 들여다보고 있었다. 내가 말했다.

"잘 모르겠다."

"뭐가."

"너는 누구랑 닮았는지."

리아가 스르르, 내게로 고개를 들었다. 그리고는 나를 한동안 가만히 바라보았다. 무언가 말하려는 듯하기도, 아니면 말하지 않으려는 듯하기도 했다.

잠시 후, 리아가 내게서 눈을 떼며 말했다.

"나는 엄마랑 닮았어."

"안 닮았던데?"

리아는 잠시 사이를 두고 대답했다.

"저 사람은 진짜 우리 엄마가 아니니까."

"그게 무슨 소리야?"

"별 소리 아니야."

리아는 다시 낙서로 눈을 돌리며 한 마디 두 마디, 말을 이어나갔다.

진짜 엄마는 자기를 낳으면서 돌아가셨다고. 그래서 진짜 엄마의 얼굴은, 사진으로밖에 본 적이 없다고.

"그랬구나."

리아는 잠시 사이를 두고 다시 말을 이었다.

"지금 엄마는 참 착한 사람이야. 그래서 가끔은 싫을 때도 있지만."

내가 왜냐고 묻자, 그녀는 이렇게 대답했다.

"너무 착하니까. 나는 못된 사람인데 말이지."

나는 리아의 말을 이해할 수 없었다. 다름이 아니라, 내가 아는 그녀는 전혀 못되지 않으니까. 오히려 그 누구보다 착하니까.

그런 그녀가 내게 조심스레, 이렇게 물었다.

"아직도 내가 아름다워 보여?"

나는 다시 한 번, 리아를 잘 살피고는 이렇게 대답했다.

"응. 왜?"

리아는 한동안 아무 대답 없이, 그저 자기의 초록색 손톱을 슬쩍, 매만지기만 했다.

집으로 돌아와, 나는 조금 전 리아의 말들을 다시 곱씹어보았다. 그리고는 생각했다. 그것들이 바로 그녀가 자기에게 있다던 아무것도인 것 같다고.

나는 침대에 누워서 다시 생각해 보았다. 아무래도 세상에서 아무것

170

도를 가진 사람이 나뿐만은 아닌 것 같았다. 리아가 그렇듯 말이다. 그리고 어쩌면, 아무것도를 가진 사람이 나와 리아 외에도 더 있을 것 같았다. 심지어는, 생각보다 엄청나게 많을지도. 그것도 나와 리아보다 더 크고 무거운 아무것도를 가진 사람들이. 그러자 불행인지 다행인지, 내 기분이 조금 나아졌다.

정말 못된 사람은 나인가 보다.

엄마라도 내게 거짓을 말할 수 있다.

내게도 드디어 좋은 소식이 하나 찾아왔다. 바로 방학이 시작되었다는 것. 당분간 학교에 가지 않아도 된다는 사실이 몹시 기뻤다. 물론 리아를 매일 볼 수 없다는 사실이 조금 아쉽기는 했지만.

하지만 나쁜 소식까지도 함께 찾아와버렸다. 방학이 시작된 지 고작 3일째인 오늘 말이다.

오늘 아침은 시작부터 무척이나 요란했다. 거실에서부터 들어오는 시끌벅적한 소리에, 내가 잠에서 깼던 걸 보면.

나는 아주 짜증스러운 얼굴을 하고서 거실로 나갔다. 그러자 보였다. 엄마가 한 여자와 마주한 채 이러쿵저러쿵 말싸움을 하고 있는 게.

엄마는 아침부터 외출복을 갖춰 입고 있었다. 화장한 얼굴은 여전했다. 다른 한 여자는 붉은색 반짝이 쫄티를 입고 있었다. 군데군데로 접

한 살이 몹시 부담스러워 보였다. 몸을 돌리고 있어, 얼굴을 확인할 수는 없었다. 하지만 나는 그 목소리만 듣고도 그녀가 누군지 단 번에 알아차렸다. 바로 엄마의 엄마이자, 나의 외할머니. 그녀가 이른 아침부터 왜 나의 집에 온 건지, 나는 알 수 없었다.

나는 둘의 대화에 귀를 기울였다. 잠이 덜 깬 상태라 정확하지는 않지만, 대략 이런 내용이었던 것 같다.

"그냥 애비한테 보내래도."

"그건 안 돼. 엄마, 부탁 좀 할게. 응? 딱 방학 동안만."

"너네 둘 일에 왜 가만있는 날 자꾸 끌어들여?"

옆에서 가만히 듣고 있던 나를 엄마가 발견했다.

"엄마 잠깐만 쉿."

외할머니가 내게로 스르르, 몸을 돌렸다. 그때서야 얼굴이 제대로 보였다. 굵은 파마 머리에 고약한 인상은 여전했다.

"넌 어른한테 인사도 안 하니?"

외할머니가 말했다. 무언가 아니꼽다는 듯 안경 끝을 살짝 들어 올리며. 나는 고개만 살짝 까딱, 해보였다. 엄마가 말했다.

"아들. 이 박스에 필요한 물건들만 얼른 챙겨서 나올래?"

그리고는 빈 박스를 슬쩍 내게로 밀어주었다. 나는 박스와 엄마, 그리고 외할머니를 한 번씩 번갈아 보았다. 내가 말했다.

"내가 왜?"

"얘가 버릇없이? 엄마가 말씀하면 네, 하고 들어야지. 쯧쯧."

옆에서 외할머니가 끼어들며 말했다. 기가 찼다. 엄마가 말했다.

"방학 동안만이야. 응?"

대체 뭐가 방학동만이라는 건지 원. 하지만 사실, 나는 대략 눈치채고 있었다. 그런데도 시치미를 뚝, 떼며 이렇게 말했다.

"뭐가?"

외할머니가 또 끼어들었다.

"그건 네 애비한테나 물어봐라."

정말 아빠에게 묻고 싶은 생각이 들었다. 당신은 대체 어디에 있으며, 이 두 여자가 지금 내게 무슨 짓을 하려는 건지와, 앞으로 나는 어떻게 되는 건지를.

그런 와중에 엄마와 외할머니는 자기들끼리 언성을 높이고만 있었다.

"엄마! 애한테 못하는 소리가 없어."

"내가 뭘. 애도 알 건 알아야 할 거 아냐."

"알긴 뭘 알아야 해. 앤 아직 애야."

그들이 무어라고 지껄였던 간에, 내가 물은 질문에는 전혀 답이 되지 않았다.

"엄마가 나중에 설명할 테니까, 일단 짐부터 챙기자. 알았지 아들?"

"싫어."

날벼락 같은 상황에 머리가 지끈지끈, 거렸다. 옆에서는 외할머니가 계속 쯧쯧, 거리며 혀를 차댔다. 그 바람에 온 신경이 곤두섰다. 만약 누군가가 내 손에 가위를 쥐어준다면, 단번에 그녀의 혀를 잘라낼 수 있었을 정도로, 나는 그 소리가 듣기 싫었다. 하지만 엄마는 내 맘도 전혀 모르고, 오히려 내게로 가까이 다가와 몸을 숙이며 이렇게 말했다.

"사랑하는 아들. 그러니까 엄마 말 듣자. 응?"

순간, 무언가 잘못되어 있다는 느낌이 들었다. '그러니까' 엄마 말을 들어야 한다는 말이 그랬던 것은 물론이었다. 하지만 그보다도, 엄마가 내게 한다고 말하는 사랑이 더 그랬다. 내가 아는 사랑과 엄마가 내게 한다고 말하는 사랑은 아무리 보아도 서로 너무 달랐다. 어쨌거나 나는 일단 엄마의 질문에 대답부터 하기로 했다. 그것도 조금 전보다 더 힘을 주어서.

"싫어!"

엄마는 그저 내 눈을 물끄러미 바라보기만 할 뿐, 아무 말 않았다. 그 때서야 엄마가 내 말을 알아들었는지 싶었다. 나는 이참에 더 세게 밀어붙이기로 했다. 바로 그동안 하고 싶었던 말을 다 하는 것.

"싫어! 엄마도 싫고! 저 여자도 싫고! 다 싫어! 다 싫다고!"

그리고 한마디를 더 덧붙였다.

"아빠는 도대체 어디 있어? 언제 온대? 나 아빠한테 갈래. 아빠한테 데려다 줘!"

말을 마치고는 엄마를 뚫어져라 쳐다보았다. 엄마도 나를 뚫어져라 쳐다보았다. 나는 엄마의 생각을 알지 못했다. 엄마도 나의 생각을 알지 못하는 것 같았다.

잠시 후, 엄마가 이렇게 말하며 내게서 눈을 뗐다.

“네가 알아서 해.”

그리고는 휙, 내게서 몸을 돌렸다. 나는 엄마의 등에 대고 이렇게 소리치고 싶었다.

“알아서 하긴 뭘 알아서 해!”

하지만 끝내 하지 못했다. 다름이 아니라, 멀어지는 엄마의 뒷모습이 점점 더 크게 눈에 들어차기 시작해서였다. 그새 엄마가 많이 말라있었다. 앙상했다. 땀에 흥건히 젖은 셔츠 위로 날개뼈가 훤히 드러나 있었다. 꼭 먹고 남은 생선 뼈다귀 같았다. 앞으로 걸어 나가는 한 걸음 한 걸음이 언젠가 TV에서 보았던 줄타기라는 것보다 더 아슬아슬, 했다. 그랬다. 그 순간, 나는 엄마의 표정이 불쌍해보였다. 옆에 있던 외할머니 또한 나와 같이 느꼈는지 더 이상 혀를 쯧쯧, 차지 않았다.

결국 나는 박스를 질질, 끌며 방으로 들어갔다. 옷장을 뒤져 티셔츠 몇 장을 꺼냈다. 그리고는 대충 구겨 박스 안으로 집어넣었다. 그 위로 다른 물건들을 아무렇게나 던져 넣었다. 내가 챙길만한 물건들은 생각보다 많지 않았다. 검은색 티셔츠 몇 벌과, 책, 노트, 그리고 기타 잡동사니들뿐. 다른 것을 더 넣고 싶었지만, 아무래도 더는 없었다.

나는 박스를 질질, 끌며 거실로 나갔다. 외할머니는 먼저 나가고 없었다. 엄마만 홀로 식탁에 앉아 나를 기다리고 있었다.

엄마가 내게로 다가와 박스를 대신 들어주었다. 나는 마지막으로 용기를 내어, 내가 외할머니네 집으로 가야만하는 이유에 대해 다시 물었다. 엄마는 잠시 머뭇하더니 이렇게 말했다.

"내가 출근을 하면 널 돌봐줄 사람이 없잖니."

참으로 어이없는 변명이 아닐 수 없었다. 내가 말했다.

"거짓말!"

그리고 한마디를 더 덧붙였다.

"그냥 변호사 녀석이랑 단 둘이 살고 싶다 말하란 말이야!"

이렇게 말하고 싶었지만, 막상 입 밖으로 잘 나오지 않았다. 대신 이렇게 말했다.

"나 다 알아. 엄마랑 아빠가 더는 사랑 안 하는 거."

엄마는 나를 슬쩍 흘겨만 보고는, 냉큼 집 밖으로 나섰다.

나는 현관문 밖 복도에 섰다. 닫혀져가는 문 너머를 멍하니 바라보았다. 거실이 보였다. 그날따라 그늘이 져 있었다. 베란다에 놓인 아빠의 자전거는 이미 고물이 되어있었다. 그런데도 십자가는 여전히 반짝반짝, 빛나고 있었다. 하지만 철컥, 문이 닫혀버렸고 더는 아무것도 볼 수 없었다.

엄마와 나, 그리고 외할머니는 택시를 타고 외할머니의 집으로 향했다. 나와 엄마는 뒷자리에, 외할머니는 앞자리에 타고 있었다. 차가 움직이는 내내 엄마는 창밖만 바라보고 있었다. 나는 눈을 어디에 두어야 할지 몰라 이리저리 굴리고만 있었다.

이따금씩 룸미러로 앞자리에 앉아있는 외할머니와 눈이 마주치기도 했다. 외할머니는 입을 굳게 다물고 있었다. 그런데도 내 귀로는 쯧쯧, 소리가 절로 들려왔다.

외할머니의 집은 동대문 근처, 높아봐야 5층을 넘지 않는 주택가들 사이에 있었다. 현관에 들어서자 덜컥, 거부감이 들었다. 참 나. 무슨 이글루로 아니고. 온통 새하얀 벽지로 둘러싸인 그녀의 집에는 TV와 낡은 소파를 제외하면 이렇다 할 가구조차 하나 없었다.

외할머니가 손가락으로 어딘가를 향해 점을 콕, 찍었다. 거실 뒤편 창고 옆에 위치한, 앞으로 내가 써야할 방이었다. 외할머니의 방과 멀리 떨어져 있는 곳이었다. 그나마 다행이었다. 한밤중에 외할머니의 잠꼬대 소리를 듣고 싶지도 않았고, 그렇다고 나의 잠꼬대 소리를 들려주고 싶지도 않았으니까.

내가 써야할 방 역시 새하얀 벽지임에는 다름이 없었다. 벽에는 기분 나쁜 노인네, 그러니까 달마인지 뭔지 하는 노인네가 그려진 그림 한 점까지 걸려있었다.

막상 방에 들어와 보니, 엄마도 조금은 내게 미안해졌는지 싶었다. 부탁하지도 않은 짐정리를 알아서 나서서 해주었으니까.

엄마가 나의 검은색 티셔츠들을 한 장 두 장, 개며 말했다.

"엄마가 자주 들를 거고, 주말에는 집에 와서 같이 지내자."

엄마가 나의 마지막 티셔츠까지 다 개고는, 머리카락을 뒤로 쓸어 넘겼다. 이미 바뀐 지 오래된 엄마의 향기가 또 내 코를 찔렀다. 하지만 나는 굳이 숨을 참지 않았다. 분하지만, 어느새 그 냄새에 익숙해져 있었으니까.

엄마는 남은 짐들을 마저 정리하기 시작했다. 바닥에 나뒹굴던 속옷, 양말, 가방, 필통, 일기장, 그리고 기타 잡동사니들이 하나 둘 제자리를 찾아갔다. 나는 그런 엄마를 가만히 바라만 보았다. 도와주고 싶은 마음이 조금도 들지 않았다. 아니. 오히려 화가 났다. 엄마가 이미 정리한 물건들을 도로 다 어지럽히고 싶었다. 나는 고민했다. 정말로 할지 말지를.

나는 주변을 빙, 둘러보았다. 천장 모서리에 거미줄이 쳐져있었다. 그리고는 끝내, 결심했다. 나를 이 꼴로 망가뜨린 엄마에게 본때를 보여주겠다고.

나는 벌떡, 자리에서 일어났다. 엄마에게로 한 걸음 두 걸음, 내딛었다. 몸을 숙여, 엄마가 말아 놓은 양말 하나를 집어 든 다음 양말을 도로 쉬릭, 풀어헤쳤다. 그리고는 양말 두 짝 모두를 엄마의 얼굴을 향해 보란 듯이 던져버렸다.

양말 두 짝이 철썩, 엄마의 이마에 정확히 명중하더니, 도로 튕겨 나와 바닥으로 떨어졌다. 나는 냉큼 엄마의 반응을 살폈다. 엄마가 내게 눈을 부릅, 뜨며 큰소리를 치길 기다렸다. 그러면 나 또한 엄마처럼, 아니면 엄마보다 더 큰소리를 치며 제대로 본때를 보여줄 작정이었으니까.

하지만 이상하게도 엄마는 아무 반응이 없었다. 그저 손으로 양말 한 짝을 슬며시, 집어 들 뿐이었다. 엄마의 손에 집힌 양말이 바닥을 떠나 어딘가로 서서히 향해갔다. 나는 그것을 따라 눈을 옮겼다. 양말은 엄

마의 무릎, 허리, 배, 가슴, 목, 턱, 코를 지나, 눈가에 도착해서야 움직임
을 멈췄다. 순간, 무언가 반짝였다. 바로 엄마의 눈가에서.

 반짝이는 물체가 수직선을 따라 아래로 떨어지기 시작했다. 내 눈 역
시도 그것을 따라 움직였다. 반짝이는 물체가 바닥에 놓인 종이 위에
닿았다. 그리고는 빛을 잃으며 조각조각, 부서졌다. 이어서 또 다른 반
짝이는 물체들이 따라 떨어졌다. 종이 위는 금세 부서진 빛 조각들로
흥건해졌다. 검은 글씨들이 너도 나도 서로 엉키고 뒹굴었다.

 나는 엄마에게로 바짝, 다가갔다. 그리고는 확인했다. 가지런히 맞댄
엄마의 두 무릎 앞에 놓여있는 종이의 정체를. 바로 내가 아빠의 서랍
에서 슬쩍한 편지였다. 물론 필름도 함께 붙어있는.

 나는 양 쪽으로 갈린 엄마의 머리카락 중, 더 두꺼운 한 쪽을 조심스
럽게 걷어냈다. 엄마는 다시 머리카락을 끌어 두 눈을 가렸다. 그리고
는 부들부들, 떨리는 목소리로 내게 말했다.

"나중에 꼭 좋은 사람 만나서 행복하게 살아야 돼. 알겠지?"

나는 한동안 아무 대답 않았다.

"엄마가 나쁜 사람이라서 그런 거야?"

엄마는 망설이는 듯 보였지만 대답을 피하지는 않았다.

"꼭 그런 건 아니야."

내가 곧바로 되물었다.

"그럼 아빠가 나쁜 사람이라서 그런 거야?"

엄마는 말없이 고개만 휘휘, 저었다. 나는 생각했다. 대체 뭐지? 좋은

사람을 만나 행복하게 살라는 말은 즉, 누군가는 나쁘기 때문이었다. 하지만 엄마는 자기도 나쁜 사람이 아니고, 아빠도 나쁜 사람이 아니라고 했다. 그렇다면 누가 나쁜 것일까? 남는 사람은 단 한 명뿐이었다. 바로, 나.

"그럼 내가 나쁜 사람이라서 그런 거야?"

엄마가 고개를 번쩍 들어올렸다.

"그건 절대 아냐!"

답답했다. 등골에서 불꽃이 또 타닥타닥, 타오르기 시작하는 것 같았다. 가만히 있다간 로켓이 또 발사될 것 같았다. 그래서 나는 결심했다. 그 불꽃을 아예 몸에서 떼어내 버려야겠다고.

"그럼 대체 뭐야!"

나는 놀랐다. 저만치에 있던 외할머니까지도 놀랐다. 그토록 큰 소리를 내 본 것은 그때가 처음이어서였다. 하지만 엄마는 오히려 얼어있었다. 나는 너무도 뜨거워 안달이 났는데도, 엄마는 그저 차갑게 얼어 있기만 했다.

"그냥 그런 거야."

엄마의 입에서 새어나온 차가운 냉기에, 나는 갑자기 추워졌다. 엄마가 또 말했다.

"너도 언젠가는 알게 되겠지만."

대체 뭐가 그냥 그런 거고, 대체 뭘 언젠가는 알게 될 거라는 건지 원. 나는 그저 춥기만 했다. 하지만 뒤이어 오는 말 한마디에, 나는 아예 얼어버렸다. 그것도 꽁꽁.

"그래도 엄마가 사랑하는 거 알지?"

머릿속으로 내가 그동안 영화, TV드라마, 노래, 국어사전 등에서 듣고 보아온 사랑이라는 단어의 자음과 모음이 마구 스쳐갔다. 그런데도 전혀 알 수 없었다. 여전히 무언가 잘못되어 있다는 생각만 들뿐이었다. 아무래도 엄마가 내게 한다고 말하는 그것은 사랑이 아닌 게 확실한 것 같았다. 내가 말했다.

"이게 무슨 사랑이야."

자리에서 몸을 일으키던 엄마가 멈칫, 했다. 내가 말했다.

"나 이제 엄마 안 믿을 거야."

엄마는 아무 대답 않았다.

"그러니까 앞으로 나한테 사랑한다고 하지마."

그때서야 엄마가 스르르, 몸을 다시 일으키기 시작했다. 그리고는 방문으로 다가서더니, 이렇게 말한 다음 밖으로 나가버렸다.

"그래도 엄마는 계속 너를 사랑 할 거야."

하지만 나는 이미 이렇게 못 박아 놓았다. 엄마가 내게 한다고 말하는 사랑은 거짓이 분명하다고. 그리고는 생각했다.

아무리 엄마라도, 자식에게 거짓을 말할 수 있나보다고.

사랑은 너무 심심하면 미친다

낯선 방에서 보낸 첫날 밤, 잠이 통 오지를 않았다.

그렇다고 마냥 눈을 뜬 채 있을 수도 없었다. 벽에 걸린 그림 속 달마 노인네와 자꾸 눈이 마주쳤으니까. 노인네는 나와 눈을 마주칠 때마다 눈을 부릅, 떴다. 내가 놀라며 눈을 동그랗게 뜨면 배를 잡고 얄밉게 까르르, 비웃어댔다.

깊은 새벽, 여전히 잠을 이루지 못하고 있던 나는 기억을 주섬주섬, 더듬어보았다. 바로 지난 번 국어사전에서 보았던 사랑의 뜻들을 찾기 위해.

동시에 영화, TV 드라마, 노래 등에서 듣고 보아온 사랑들도 함께 떠올려보았다. 그리고는 그것들을 한참동안 곱씹고 또 곱씹어보았다. 혹시나 내가 잘못 이해한 게 있지 않나 해서였다. 하지만 아무래도 없는 것 같았다.

이글루 생활 2일, 그리고 3일이 지나고 나서야 나는 드디어 낯선 곳에서 잠에 드는데 어느 정도 익숙해져갔다.

하지만 이번에는 다른 데서 문제가 생겼다. 바로 일상이 엄청나게 심심해졌다는 것.

숨을 쉬는 일, 밥을 먹는 일, 방에 누워있는 일, 의자에 앉아있는 일 외에는 아무것도 할 게 없었다. 하루가 예전보다 열 배는 더 길어진 것 같았다. 게다가 기분까지 불쾌했다. 온종일 흰 벽지에 둘러싸여 있다 보니 꼭 정신병자가 될 것만 같았다.

무엇보다도 특히, 밥이 더럽게 맛없었다! 외할머니가 만든 된장찌개를 맛보고 나서야, 나는 엄마의 요리 실력이 왜 그토록 형편없었는지 뒤늦게 이해됐다. 퉤.

이글루 생활 4일째, 나는 리아에게 전화를 걸었다. 리아는 나의 전화를 받자마자 이렇게 소리쳤다.

"너 죽을래!"

"왜 그래?"

"참 나. 왜 그러냐고!?"

리아가 말했다. 며칠씩이나 연락이 없어서, 직접 나의 집에 찾아가보기까지 했었다고. 그런데도 나를 볼 수 없어서, 자기는 몹시 걱정하고 있었다고.

"그랬구나."

"괜찮은 거지?"

나는 응, 이라고 대답하지 않았다. 물론 전혀 괜찮지 않았으니까. 그렇다고 아니, 라고 대답하지도 않았다. 그러면 리아가 나를 더 걱절할 게 뻔했으니까. 그래서 나는 그저 이렇게만 대답했다.

"나 지금 이글루에 갇혀있어."

"이글루?"

"응."

그리고는 이렇게 리아와 통화를 끝마쳤다.

"주말에 갈 거야. 그때 보자."

이글루 생활 5일째인 오늘. 웬 일로 외할머니가 집에 있지 않았다. 그 틈을 타, 나는 몰래 들어가 보았다. 바로 그녀의 방으로.

어딘가 음산한 분위기를 풍기는 건 그녀의 방 역시 마찬가지였다. 한 젊은 남자의 얼굴이 담긴 액자와 창가 밑에 놓인 낡은 CD플레이어, 그리고 바닥에 깔린 이불을 제외하면, 이렇다 할 가구가 하나도 없었다.

나는 괜히 더 우울해진 기분으로 방을 나왔다. 그런데 마침, 외할머니가 현관으로 들어왔다. 나는 그녀를 피해 냉큼 방으로 향했다.

"밥은 처먹고 들어가."

그녀가 해주는 밥이 먹기 싫어서 그러는 줄은 미처 몰랐나보다.

나는 아무 대답 없이 TV 앞으로 가 앉았다. 외할머니는 부엌에서 무언가 만지작만지작, 거리더니 채 5분도 안되어서 내 앞으로 밥상을 가져 왔다.

반찬으로 시금치와 멸치, 그리고 어묵 몇 점이 있었다. 물론 썩 내키지는 않았지만 배에서 꼬르륵, 소리가 요동치는 바람에 하는 수 없었다. 나는 이를 악, 물고는 숟가락을 밥에 푹, 찔러 넣었다. 입으로 한 숟갈 크게 떠 넣은 다음, 다른 반찬들과 함께 우적우적, 씹어댔다. 그러고 보니 그나마 다행인 게 하나 있었다. 다름이 아니라, 할머니가 한 밥이 엄마가 한 밥보다는 조금 더 낫다는 것. 물론 아주 조금!

씹고 또 씹다보니 문득, 궁금한 것이 하나 떠올랐다. 다름이 아니라 당장 내 입 속에서 어떤 광경이 벌어지고 있을지가 말이다.

나는 곧장 상상의 나래를 펼쳐보았다. 그러다 우연찮게, 하나의 짧은 이야기까지 만들어냈다. 제목은 바로 〈젊은 시금치의 슬픔〉. 줄거리는 대략 이랬다.

멸치 몇 마리가 헤엄치고 있는 바다 속, 깊은 바닥 아래에는 밥알 같은 모래가 깔려 있고, 그 사이로는 이야기의 주인공이자, 자신이 미역인 줄 착각한 채 어색한 몸짓으로 흐느적대며 살고 있는 시금치가 있는데, 어느 날 어묵 뗏목을 타고 나타난 한 어부를 만나게 되어 결국 자신이 미역이 아니라는 사실을 깨닫고는 육지로 올라와 진정한 시금치가 되었으나, 오히려 육지 위의 벌레들과 사람들로부터 심한 괴롭힘과 압박을 받게 되더니, 결국 한 농부에 의해 뿌리 채로 뽑히고는, 농부의 집

부엌의 팔팔 끓는 가마솥에 담겨질 때가 되어서야, 차라리 미역일 때가 좋았다는 회상과 함께, 자신을 구출한 어부를 저주하며 죽음을 맞는다는 비극적인 내용.

결말을 내고나자, 짧은 시간 안에 꽤 그럴 듯한 이야기를 만들어낸 내 자신이 자랑스러워졌다.

하지만 그것은 잠시였다. 곧 스스로에게 너무도 창피해졌다. 얼마나 심심했기에 이런 짓거리나 하고 앉아 있는지까지 함께 떠올랐으니까. 나는 생각했다. 사람은 너무 심심하면, 정말로 정신이 이상해지나보다고.

밥을 다 먹고 나자, 또 다시 할 일이 없어졌다. 나는 방으로 곧장 들어가 버리려다, 말았다. 거미줄이 쳐져있는 방구석보다는 그나마 햇볕이 드는 거실에 있는 것이 더 나을 것 같아서였다.

옆에서는 외할머니가 TV를 보고 있었다. 당장에 레이저 빔이라도 쏠 듯 한 눈으로 말이다.

나는 곧장 TV로 눈을 돌렸다. 드라마인 것 같았다. 화면 위에 한 남자와 여자가 서있었다. 둘은 꼭 사랑을 하고 있는 것 같은 눈을 하고서 서로를 마주보고 있었다. 동시에 무어라고 몇 마디 주고받기도 했다. 그런데, 언젠가 보았던 장면 같았다. 아마도 아빠가 출장을 떠났던 날 밤에.

보다 보니 불쑥, 떠올랐다. 다름이 아니라, 내가 리아에게 했던 말과 행동들이. 왜냐하면 내가 리아에게 했던 것들과 화면 속 남자가 여자에게 했던 것들이 서로 어딘가 비슷했으니까.

잠시 후, 남자가 여자의 쪽, 키스를 했다. 그것도 조금 전보다 더 큰 사랑을 하고 있는 것 같은 눈을 하고서. 순간, 외할머니가 말했다.

"또 지랄이네, 또 지랄!"

뜬금없는 외할머니의 욕에 나는 흠칫, 했다. 한편 남자에게 키스를 받은 여자는 기분이 째지는지 두 눈을 발랑, 뒤집어 까기 시작했다. 순간, 외할머니가 또 말했다.

"으이구 저 개새끼!"

이번에는 심지어 사방으로 침을 튀기기까지 했다! 그 바람에 나는 또 흠칫, 했다. 동시에 갸우뚱, 하기도 했다. 다름이 아니라, 외할머니가 왜 그토록 심한 욕을 내뱉는 건지 이해가 되지 않아서였다. 내가 물었다.

"할머니. 저 남자가 무슨 잘못이라도 했어요?"

그러자 할머니는 조금 전보다 더 크고 우렁찬 소리로 이렇게 대답했다. 하지만 눈은 TV에서 결코 떼지 않은 채로.

"여자 고생시키는 남자는 다 개새끼야!"

여전히 이해가 되지 않았다. 내가 보기에 화면 속 남자는 여자를 고생시키기는커녕, 오히려 기분 좋게 해주고 있었으니까.

나는 외할머니에게 더 캐물어보고 싶었다. 하지만 끝내, 그렇게 할 수 없었다. 갈수록 격해지는 외할머니의 욕설 사이를 도저히 뚫고 들어갈 수가 없어서였다.

결국 나는 슬며시, 자리에서 일어났다. 그리고는 방을 향해 조심스레,

방을 향해 걸음을 옮겼다. 동시에 생각했다. 사람은 너무 심심하면, 정
신이 이상해지는 게 아닌가 보다고.

  대신 미쳐버리나 보다고.

돈은 많고 볼 일이다

주말이 찾아왔다. 거실로 나가자, 엄마와 할머니가 마주앉아 있었다.

엄마가 내게로 다가왔다. 여전히 바뀌어버린 향기 그대로였다. 얼굴은 화장으로 덕지덕지, 떡칠이 되어있었다. 변호사 녀석에게서 보다 더 많은 사랑을 받고 싶어 안달이 나있는 것 같았다.

그런 엄마가 내게 손을 내밀었다. 하지만 나는 그 손을 잡고 싶지 않았다. 그래서 그렇게 했다.

밖으로 나가자, 변호사 녀석의 차가 보였다. 아침부터 녀석의 얼굴을 보니 기분이 영 불쾌했다.

내가 차 위로 올라타자, 변호사 녀석이 윙크를 해 보였다. 역겨웠다. 녀석이 차에 시동을 걸며 말했다.

"옆자리를 한번 볼래? 내가 선물을 하나 준비했는데."

나도 몰래 옆자리를 흘깃, 쳐다보았다. 적당히 큰 상자가 오렌지색 포장지에 쌓여 있었다. 녀석이 말을 이었다.

"네가 좋아할 거야."

나는 상자를 들어 무릎 위에 올렸다. 그리고는 포장지를 뜯었다. 그런데 장난? 선물의 정체는 〈뽀롱뽀롱 뽀로로〉의 주인공 뽀로로와, 그의 친구들 미니어처 세트였다. 변호사 녀석이 말했다.

"어때? 같이 놀 친구가 생겨서 기쁘지?"

과연 그랬을까? 나는 기쁘기는커녕, 심한 모욕감을 느꼈다. 첫째, 왜 내가 개네들과 놀아야하는지에 대한 의문 때문. 항상 같은 표정, 같은 얼굴, 같은 자세에다, 말 한 마디 할 줄 모르는 놈들과 나더러 대체 어떻게 같이 놀라는 건지. 만약 말을 할 줄 안다고 해도, 그들은 차디 찬 남극에 살고 있고, 난 푹푹 찌는 서울에 살고 있는데 서로 어떤 공감대를 가질 수 있겠냐고. 둘째, 나는 그들 특유의 표정이 싫었기 때문. 그러니까 온 세상이 모두 자기들 것인 마냥, 혹은 온 세상에 어느 하나 자기 것인 게 없어도 그저 행복하다는 마냥 실실 쪼개고 있는 그들의 표정이 싫었다는 얘기다. 셋째, 원래부터 그들은 유치원 꼬맹이들이나 좋아하는 놈들이었기 때문. 말 다했다.

어쨌거나 변호사 녀석은 뭘 몰라도 한참 모르는 녀석임이 분명했다. 사실 더 따지고 보면, 정말 몰라도 한참 더 모르는 사람은 엄마지만. 녀석을 좋다고 데리고 있는 사실만으로도 충분히.

간만에 집에 들어섰다. 그런데, 이상했다. 집을 잘못 찾아온 것만 같았다. 내가 기억하던 모습이 아니이시었다. 키튼과 TV, 소파까지 모두 새 것으로 바뀌어 있었다. 베란다에 세워져있던 아빠의 자전거는, 아예 모습을 감춰버렸다.

한편, 십자가 하나 만이 바뀌지 않아 있었다. 여전히 반짝반짝, 빛나고 있는 것이 예전과 똑같았다.

나는 성큼성큼, 십자가 가까이로 다가섰다. 그리고는 지난번처럼 이 것저것 물어보았다. 하나님. 하나님이 서로 사랑하라고 했잖아. 그런데 엄마와 아빠는 지금 서로 사랑하지 않잖아. 게다가 엄마는 내게 거짓까지 말해. 그래서 말인데. 혹시 엄마랑 아빠가 사랑이 뭔지 잘 몰라서 그러는 게 아닐까? 그렇다면 하나님이 엄마와 아빠에게 사랑이 뭔지 좀 알려주면 안 될까? 그래서 지금이라도 다시 서로 사랑하게 하면 안 될까? 그러면 모두 예전으로 돌아갈 수 있고, 엄마도 내게 더는 거짓을 말할 수 없을 거 아냐. 응?

하지만 하나님은 아무 대답이 없었다. 그저 가만히 반짝반짝, 빛나고만 있을 뿐이었다.

바뀐 것은 거실만이 아니었다. 내 방의 모습까지도 조금 바뀌어 있었다. 방 안 곳곳에 어질러져있던 옷가지들이, 옷장 한구석 상자 속으로 쫓겨나 있었다. 책상 위는 먼지 하나 없이 깨끗했다.

전과 마찬가지인 모습의 것은 고작 내 침대 하나뿐이었다. 하지만 그 마저도 변호사 놈의 향수 냄새가 살짝, 배어있었다. 나는 코를 막은 채 이불을 들여다보았다. 그리고는 자세히 살피고 또 살폈다. 혹시라도 녀석의 배꼽 털이 떨어져 있을까봐.

나는 또 잠을 설쳤다. 얼마 전 까지만 해도 익숙했던 곳이 어느새 낯설어져 있어 또 적응을 해야 했으니까. 한 가지 다행인 것은, 잠에서 깨도 벽에 걸린 달마 노인네와 눈을 마주칠 일이 없었다는 것. 그 외에는 특별히 편하달 것도, 그렇다고 딱히 불편하달 것도 없는, 그저 잠이 잘 오지 않을 뿐이었다.

결국 나는 새벽까지 잠에 들지 못했다. 물이나 한 모금 마실 생각으로 부엌에 나갔다. 하지만 그것조차도 내 맘대로 할 수 없었다. 왜냐하면 냉장고 속에는 소주와 맥주, 그리고 처음 보는 자주색 물이 담긴 병 등, 온통 내가 마실 수 없는 것들로만 가득했으니까.

나는 하는 수 없이 냉장고 문을 닫으려다 멈칫, 했다. 그리고는 초록색 소주병을 조심스레, 꺼내 들었다. 마시기 위해서가 아니었다. 그저 혹시나, 정말로 한강 어딘가에서 소주를 마시고 있을지도 모르는 아빠가 생각나서였다.

소주병 위에는 한 여자 연예인의 사진이 붙어있었다. 나는 가만히 그 얼굴을 들여다보았다. 보면 볼수록, 아무래도 그녀가 내게 이렇게 말을 걸어오는 것 같았다.

"마셔줘♡"

나는 차마 거절할 수가 없어 결국 달칵, 뚜껑을 열었다. 그리고는 우선 코를 살짝 대보았다. 끝이 뭉뚝한 연필에 코가 찔리듯, 아프지는 않지만 기분만큼은 굉장히 나쁜 냄새가 났다. 그래도 맛만큼은 여전히 궁금했다.

나는 찬장에서 컵을 꺼내 소주를 쪼르르, 따랐다. 그리고는 다시 코를 대보았다. 냄새는 여전히 그대로였다. 고민됐다. 물론 마셔볼지 말지가.

결국 나는 용기 내어 소주를 한 모금 꼴깍, 들이켰다. 그런데, 막상 맛이 느껴지자 생각보다 나쁘지 않았다. 오히려 가슴이 조금씩 뛰기 시작하는 게, 느낌이 좋은 쪽에 가까웠다.

그렇게 몇 모금 마시니 금세 컵이 다 비워졌다. 한 잔 더 마셔볼까를 고민했지만, 얼굴이 조금씩 뜨거워지는 게 느껴져 그만두기로 했다.

나는 냉장고 문을 닫았다. 그리고는 방으로 돌아가려다 멈칫, 했다. 엄마의 방 문틈으로 새어나온 빛에 걸음이 붙잡혀서였다.

나는 문틈 사이로 너머를 슬쩍, 들여다보았다. 엄마와 변호사 녀석이 한 이불을 덮고서 잠 들어있었다. 괘씸했다. 변호사 녀석이 한 다리를 엄마의 배 위에 올려놓고 있었다! 나는 당장이라도 112에 전화를 걸어, 저 녀석 좀 잡아가 달라, 그리고는 감옥에 처넣어 혼쭐을 내달라 부탁하고 싶었다.

하지만, 달리 생각해보니 굳이 그럴 필요가 없을 것 같았다. 왜냐하면 나 혼자서도 녀석을 충분히 혼쭐내줄 수 있을 것 같았으니까. 녀석이 잠에 들어있는 틈을 이용한다면 말이다.

나는 머리를 굴렸다. 과연 어떻게 골탕 먹여야 그 녀석 참 쌤통이라고 온 동네에 소문이 날 지를. 얼굴에 낙서를 해볼까? 아니면 코에 방귀라도 뀌어볼까? 그것도 아니면 그의 얼굴에 대고 소리 없는 저주나 실컷 퍼부어 볼까? 등 이런 저런 아이디어들이 머리를 마구 스쳐지나갔다. 나는 그 중, 가장 기발하고 통쾌한 것 하나를 선택했다.

나는 곧장 화장실로 달려갔다. 꼭 필요한 것이 있어서였다. 우선 수납장을 뒤져보았다. 보이지 않았다. 다급한 마음에 돌돌 말린 수건들 사이와 변기 뒤까지 뒤져보았다. 보이지 않았다. 욕조 안까지 다 뒤져보았지만, 필요한 것이 보이기는커녕, 더러운 물때만 손톱 사이에 잔뜩 끼어버렸다. 아쉽지만, 이번에는 녀석을 혼쭐내줄 수 없을 것 같았다.

나는 손이나 씻고 잘 마음으로 세면대 앞에 섰다. 비누에 양손을 비볐다. 하얀 거품이 부풀어 올랐다. 비비면 비빌수록, 거품 색이 점점 까매졌다. 내 손임에도 불구하고 참 더럽다는 생각이 들어 눈살이 절로 찌푸려졌다. 순간, 눈동자 너머로 낯익은 물체 하나가 얼핏, 잡혔다. 나는 손에 묻은 거품을 물에 쓸려 보내며 스르르, 고개를 들었다. 그리고는 낯익은 물체에게로 서서히, 초점을 맞추었다. 그러자 보였다. 내가 그토록 찾고 있던 것이 칫솔들 사이에 몸을 숨기고 있는 게. 바로 면도기가.

내가 기억하던 아빠의 것과는 조금 다른 모습이었다. 특히 날이 네 줄이나 달려 있는 게. 아마도 변호사 녀석의 것 같았다. 하지만 누구의 것이든 상관없었다. 엄마를 쟁취한 공범인 녀석의 거시기에 난 털들, 그러니까 거시기카락들을 모조리 면도해버릴 수만 있다면!

나는 곤장 아빠의 면도과정을 떠올렸다. 내가 기억하는 바로는, 우선 비누나 샴푸 따위로 거품을 많이 낸 다음, 면도기를 털이 있는 곳에 슬며시 얹은 후, 아래서 위로 살살 쓸어 올려주면 끝. 하지만 직접 면도를 하는 것은 그때가 처음이었다. 잘 해낼 수 있을 지가 걱정됐다. 혹시나 손이 삐끗해서 면도날이 녀석의 거시기에 닿는 다면? 작은 상처만 남게 된다면 다행이지만, 행여나 반으로 싹뚝, 잘려나가 피를 마구 뿜어내더니, 급기야 녀석이 죽어버리기라도 한다면? 그렇다면 나는 감옥에 가야하는 건가?

불쑥, 겁이 났다. 그렇다고 사나이가 칼을 뽑았는데 무라도 썰지 않으면 안 될 일이었다. 고민 끝에, 결국 나는 우선 연습을 해보기로 결정했다. 바로 내 다리에.

나는 비누와 샴푸를 앞에 두고 곰곰이 생각해보았다. 둘 중 과연 어느 쪽이 더 많은 거품이 날지를. 아무래도 샴푸 쪽이 더 많이 날 것 같았다.

나는 샴푸를 내 손 위에 듬뿍 덜었다. 그리고는 양손이 붉어지도록 비볐다. 역시나 비누보다 더 굵고 풍성한 거품이 부풀어 올랐다.

이어서는 거품을 한 줌 떠서 내 다리, 정확히 말하면 종아리 위에 얹었다. 부들부들, 떨리는 손으로 면도기를 거품에 가져다댔다. 조금 더 힘을 주자, 종아리 살 위로 차가운 칼날이 닿는 게 느껴졌다.

나는 침을 한 번 꼴딱, 삼켰다. 그리고는 마침내, 면도기를 아래에서 위로 조심스레, 쓸어 올려보았다. 그러자 면도기가 거품을 반으로 가르며 지나갔다. 그 뒤로 반들반들 해진 종아리 살이 보였다. 믿기지가 않았다. 털이, 정말로 털이 밀렸다! 참으로 놀라운 일이 아닐 수 없었다. 그즈음 느껴본 기분 중 가장 짜릿했다. 전에 없던 윤기까지 더해진 내 맨다리는 심지어 아름다워 보이기까지 했다!

나는 후다닥, 엄마의 방으로 향했다. 물론 변호사 녀석의 거시기를 '아름답게' 해주기 위해. 다행히도 엄마와 녀석이 여전히 잠들어 있었다. 나는 총총 걸음으로 침대 가까이 다가갔다. 그런데, 나도 몰래 몸이 휘청, 거렸다. 하마터면 자빠질 뻔까지 했다. 바닥에 놓인 무언가를 밟아서 그런 것 같았다.

나는 가까스로 중심을 잡았다. 그리고는 고개를 내려 내가 밟은 것의 정체를 확인했다. 바로 변호사 녀석의 것으로 보이는 양복바지. 은색에다 비닐같이 얇아 보이는 게, 꼭 일부러 밟고 넘어지라고 깔아 놓은 것 같았다.

나는 면도기와 샴푸가 손에 잘 들려있는지, 그리고 엄마와 변호사 녀석이 잠에서 깨지는 않았는지 마지막으로 잘 살폈다. 이상 무였다.

나는 다시 한 발을 들었다. 그리고는 앞으로 걸어 나가려는데 이상하게도 또 멈칫, 거려졌다. 여전히 발밑으로 무언가가 걸려있는 것 같았다.

나는 일단 면도기와 샴푸를 바닥에 내려놓았다. 발밑을 손으로 더듬어보았다. 양복바지 아래에서 무언가가 손에 덥썩, 잡혔다. 그리 두껍지는 않지만, 직사각형으로 추정되는 무언가였다.

바지를 뒤집어 보자, 그때서야 그 무언가의 정체가 제대로 파악됐다.

바로 마지 뒷주머니에 들어있던 변호사 녀석의 지갑이었다. 녀석은 아주 유치하게도, 지갑마저 오렌지색으로 구두와 깔맞춤을 하고 있었다. 나도 모르게 푸하하, 웃음이 나왔다. 하지만 지갑 안을 들여다보고 나서는, 차마 더는 웃지 못했다.

녀석의 지갑 속에는 시퍼런 만 원짜리가 10장은 거뜬히 될 만큼 두둑이 들어있었다. 나는 침을 한 번 꼴깍, 삼켰다. 그리고는 지갑 속 지폐를 모두 꺼내어 한 장 한 장, 세어보았다. 만 원 9장에, 오천 원 2장을 포함해 총 11장의 지폐였다.

날벼락처럼 큰돈과 마주하자 나도 몰래 손이 부들부들, 떨렸다. 물론 그럴 만도 했다. 그동안 내가 접해본 돈 중에 가장 큰 단위는 고작해야 만 원 이었으니까. 아무래도 변호사는 돈을 꽤나 많이 버는 직업인 것 같았다. 문득, 나도 커서 변호사나 해볼까라는 생각이 들었다. 뭘 몰라도 한참 모르는 녀석마저도 변호사가 되는데, 나라고 못 될 이유가 없을 테니까.

나는 고민했다. 과연 그 많은 돈들을 내 주머니에 넣을 것인가, 아니면 다시 지갑 속에 넣어 둘 것인가를. 좌뇌가 말하고 우뇌가 받아쳤다.

"도둑질은 나쁜 것이라고 내가 누누이 말했을 텐데? 잔말 말고 어서 도로 넣어!"

"생각해봐. 이 돈이면 너는 스니커즈를 중학교에 들어갈 때까지 먹고도 남을 만큼 살 수 있어!"

"이렇게 자꾸 훔쳐 버릇하면 나중에 정말로 도둑이 될지도 몰라. 세

살 버릇 여든까지 간다는 말 못 들어 봤어?”

“그건 여든 되서 다시 생각하면 되는 일이고. 그리고 도둑이 뭐 어때서? 너 오션스 일레븐 안 봤어? 그 형들처럼 될 수 있다면 나는 악마에게 영혼이라도 팔겠어!”

“비겁한 놈. 항상 그렇게 기분에만 따라 사니까 네 인생이 그 모양 그 꼴인 거야.”

“지랄한다 병신. 쭈글쭈글한 게 못생긴데다 성질까지 더러워서 원. 그래가지고 결혼이나 하겠냐?”

듣고 있자니, 둘의 싸움이 점점 원래 문제에서 벗어나기 시작하는 것이 꼭 이따금씩 뉴스에 나오는 아저씨들, 그러니까 국민을 위해 일하시며, 대체로 늙고 지루하게 생긴데다 쩨쩨해 보이기까지 하는 게 때로는 귀엽기도 한 아저씨들이 떠올라 민망한 기분이 들었다.

어쨌거나 나는 그나마 맞는 말에 가까운 좌뇌의 말을 듣기로 했다. 순간, 우뇌가 혼신의 힘을 다해 소리쳤다.

“진짜 도둑놈은 네가 아니라 변호사 녀석이지. 엄마를 훔친 거나 다름없잖아!”

그래서 나는 일단 멈칫, 했다. 그리고는 가만히 좌뇌의 반응을 기다렸다. 그런데 이상하게도, 좌뇌가 아무 반응 않았다. 우뇌가 쐐기의 한 마디를 더 던졌다.

“그 녀석은 엄마뿐 아니라 너의 평화까지 앗아간 녀석이라고. 그런 녀석은 무슨 짓을 당해도 싸!”

그러고 보니, 우뇌의 말이 틀리지 않았다. 만약 변호사 녀석이 엄마를 쟁취하지 않았더라면, 어쩌면 아빠도 집을 떠나지 않았을지 모르는 일이고, 그렇다면 나 또한 평소처럼, 그러니까 할머니네 집으로 옮겨가 불편한 생활을 해야 하는 데까지 이를 일도 없었을 테니까.

결국 나는 10만 원 가량의 지폐를 모조리 내 주머니 속으로 쏙, 집어넣어버렸다. 그것도 아주 깊숙이, 아무도 보지 못하도록 말이다.

대신 변호사 녀석에게 조금의 아량을 베풀어주기로 했다. 바로 녀석의 거시기를 아름답게 해주지 않는 것.

하지만 막상 계획을 취소하고 뒤돌아서려니 약간 아쉬움이 남았다. 그래도 참는 게 나을 것 같았다. 왜냐하면 나는 돈을 훔친 것도 모자라, 혼쭐까지 내줄 정도로 나쁜 놈이 아니었으니까. 그리고 무엇보다, 녀석의 꼴을 보아하니 엄마 침대에서 하루 이틀 안에 떠날 것 같지 않았으니까. 그 말은 즉, 녀석의 거시기를 아름답게 해줄 기회는 앞으로도 충분히 많다는 얘기였다.

나는 바닥에서 다시 면도기와 샴푸를 집어 들었다. 그리고는 몸을 돌리려는데, 나는 또 한 번 멈칫, 했다. 변호사 녀석의 머리맡에 있는 탁자 위에서 무언가가 반짝, 하는 것을 보아서였다. 그것도 아주 기분 나쁜 무언가가.

나는 탁자 가까이로 다가섰다. 고무 혹은 비닐 같은 재질로 된 얇고 투명한 물체가 휴지 몇 장과 함께 뒤섞인 채 놓여있었다. 물체 안에는 농도가 침보다는 짙은, 로션보다는 옅은, 동시에 무척이나 끈끈해 보이는 그런 액체가 담겨있었다.

나는 한 손을 들었다. 그리고는 물체에 조심스레, 가져다 대보았다. 미끌미끌, 했다. 기름처럼 걸쭉한 액체도 묻어나왔다. 느낌이 썩 좋지 않았다.

물체의 얇은 끝을 집어 들어 올리자, 그때서야 물체의 형체가 정확히 파악됐다. 바짝 쪼그라들어 있는 게, 꼭 다 먹고 난 쭈쭈바 같았다

코를 가까이 가져다 대보기도 했다. 정말로 쭈쭈바일지 몰라서였다. 그런데 우웩. 대체 무슨 맛 쭈쭈바였는지는 몰라도, 무척 찝찝한 냄새가 코를 찌르는 게, 과연 사람이 먹어도 되는 것인지 자체가 의심스러워 차마 맛까지 볼 수는 없었다.

그런 와중에, 안에 들어있던 액체가 아래로 흘러내려 어느새 둥근 고무줄이 달린 부분까지 도달해있었다. 그러다 급기야 주르륵, 물체 밖으로 흘러나가 버리기까지 했다. 그리고 그렇게 계속 주르륵, 또 주르륵, 밖으로 흘러나갔다. 그중 몇 방울이 변호사 녀석의 얼굴 위에 철퍽, 하며 닿기도 했다. 그것도 녀석의 넓은 턱 주변에 말이다. 불쑥, 겁이 났다. 다름이 아니라, 혹시라도 변호사 녀석이 잠에서 깼을까봐. 한편, 왠지 모르게 거북한 기분이 들어 얼굴이 절로 질끈, 구겨졌다. 어쨌거나 다행히도 녀석은 잠에서 깨지 않았다. 그저 입만 몇 번 쩝쩝, 다셔댈 뿐이었다.

나는 다시 방으로 돌아갔다. 주머니에서 돈 뭉치를 꺼내들어 코에 가져다대보았다. 향긋했다.

돈들을 한 장 두 장, 침대에 늘어놓아 보기도 했다. 그리고는 한동안을 가만히 바라만 보았다. 왠지 모르게 흐뭇했다. 입가에 미소가 절로 찾아왔다. 나는 생각했다. 일단 돈은 많고 볼 일인 것 같다고.

되도록 많이.

아빠라도 내게 거짓을 말할 수 있다

다음날 아침. 밖으로 나가자, 식탁에서 엄마와 변호사 녀석이 오붓하게 아침식사를 하고 있었다.

변호사 녀석이 내게 커피 잔을 들어 보이며 턱을 까딱, 였다. 꼭 아침인사라도 건네듯 말이다. 물론 나는 눈길도 주지 않았다.

그나저나 식탁 주변에서 평소와 사뭇 다른 냄새가 감돌고 있었다. 나는 저벅저벅, 냉장고로 다가갔다. 그리고는 물을 꺼내 마셨다. 목이 말라서가 아니었다. 최대한 자연스럽게 식탁을 힐끔, 들여다보기 위해서였다.

음식이 풍성했다. 모양도 그럴싸했다. 이전까지의 엄마 요리와는 전혀 다른 모습이었다. 문득, 맛이 궁금해진 나는 물을 한 방울 두 방울, 일부러 천천히 마셨다. 엄마가 내게 밥 먹으라고 말하기를 최대한 자연스럽게 유도하기 위해서였다.

"밥 먹어야지?"

나는 못 이기는 척 식탁에 가 앉았다. 그리고는 숟가락을 번쩍, 집어 들고서 과연 어디로 찔러 넣어야할지를 고민하기 시작했다. 밥? 된장찌개? 갈비찜? 고등어? 장조림? 감자전? 결국 된장찌개로 결정한 나는 국물을 한 숟갈 푹, 뜬 다음 꿀꺽, 삼켰다. 그런데, 맛있었다! 도저히 믿기지가 않았다. 머릿속으로 수많은 의문들이 요란하게 스쳐갔다. 무엇이 엄마의 요리를 이토록 맛있게 만들었을까? 그것도 한 순간에. 혹시 엄마는 원래부터 이렇게 맛있는 요리를 할 수 있으면서도 일부러 실력 발휘를 하지 않았던 것일까? 아무래도 그렇지는 않은 것 같았다. 분명 다른 무언가가 엄마를 변하게 만들었던 것 같다. 아마도 엄마를 다시 화장하게 만든 그것만큼 엄청 강력한 무언가가.

그럼에도 나는 결코 맛있다 내색하지 않고 있었다. 나의 반응에 흡족해할 엄마의 모습을 보고 싶지 않아서였다. 순간, 변호사 녀석이 탁, 하고 수저를 식탁에 내려놓았다. 엄마와 나는 스르르, 녀석에게로 고개를 돌렸다. 그런데, 녀석의 표정이 심상치 않았다. 불쑥, 또 겁이 났다. 혹시라도 녀석이 내가 돈을 훔친 사실을 벌써 알아챘을까봐.

"오늘따라 속이 좀 거북하네?"

녀석이 말을 마치고는 자기 배를 몇 번 문질러댔다. 다행이었다. 엄마는 걱정스러운 듯 녀석을 바라보았다.

"소화제 줄까요?"

문득, 떠올랐다. 녀석이 속이 좋지 않은 이유가 어쩌면 전날 밤 내가 실수로 떨어트린 수상한 액체 몇 방울 때문인지도 모른다는 생각이. 만약 그렇다면, 쌤통이었다.

"푸하하!"

급기야 웃음까지 튀어나와 버렸다! 엄마와 녀석이 스르르, 내게로 고개를 돌렸다. 의아하다는 얼굴이었다. 식탁에 묘한 분위기가 흐르기 시작했다. 그래서 몹시 멋쩍어지려던 찰나, 마침 전화벨이 울렸다. 엄마가 받으며 말했다.

"여보세요?"

수화기 너머로 낮고 두꺼운 목소리가 웅성웅성, 댔다. 그런데, 이상했다. 엄마가 곧장 다음 말로 잇지 않고 머뭇머뭇, 대기만 했다. 그러다 자리에서 일어나 식탁에서 멀찍이 떨어졌다. 끝내는 거실 창가 쪽까지 떨어졌고, 그때서야 제대로 말을 잇기 시작했다. 그것도 아주 작은 목소리로, 가끔씩 내가 있는 식탁 쪽을 힐끔, 거리기도 하면서.

나는 추측해 보았다. 엄마가 과연 누구와 통화를 하는 것일지를. 순간, 나도 몰래 눈이 번쩍, 띄어졌다. 내가 아는 사람 중, 그렇게 낮고 두꺼운 목소리를 가진 사람은 단 한 명 뿐이었다. 바로 아빠.

변호사 녀석은 볼 일이 있다며 자리를 떴다. 엄마는 여전히 통화 중이었다. 동시에 손을 허공에 젓거나, 표정을 일그러트리기도 했다.

잠시 후, 엄마가 어딘가로 걸음을 옮기기 시작했다. 그동안 굳게 닫혀 있던 그곳. 바로 아빠의 방으로. 역시나 나의 예상이 맞았다.

나는 아빠의 방 앞으로 다가섰다. 살짝 열린 문틈사이로 안을 들여다 보았다. 엄마가 전화기를 귀에 댄 채 방 안 이리저리를 두리번두리번,

거리고 있었다. 무언가를 찾는 듯했다.

엄마가 구석에서 박스 하나를 꺼냈다. 그리고는 그 안에 무언가를 주섬주섬, 담아 넣기 시작했다. 물론 내게도 꽤나 익숙한 아빠의 물건들을.

내가 방으로 들어가자, 엄마는 갑자기 목소리를 낮추며 몸을 휘릭, 돌렸다. 굳이 그럴 필요가 있나 싶었다. 나는 통화의 상대방이 누구인지 이미 다 알아채버렸으니까.

나는 엄마에게로 한 발자국 다가섰다. 엄마는 한 발자국 뒤로 물러서더니 보다 작은 목소리로 통화를 이어갔다. 나는 엄마에게로 한 발자국 더 다가섰다. 엄마는 한 발자국 더 뒤로 물러섰다. 나는 엄마에게로 바짝, 다가섰다. 그리고는 와락, 엄마의 전화기를 빼앗았다.

"넌 어떻게 그거 하날 못 찾냐? 거기 위에서 두 번째 칸 오른쪽에 없어?"

역시나 아빠의 목소리였다. 한때 내가 좋아했던, 하마터면 잊을 뻔했던, 하지만 여전히 기억하고 있던 그 목소리.

"아빠?"

내가 말했다. 조금은 다급하고, 흥분한 목소리로. 하지만 아빠는 아무 대답 않았다.

"아빠."

내가 다시 말했다. 조금 전보다는 차분하고, 침착한 목소리로. 하지만 아빠는 여전히 아무 대답 않았다. 한편, 엄마가 내게서 전화를 빼앗으려 달려들었다. 그래서 나는 엄마에게서 아예 등을 돌려버렸다. 그리고는 다시 입을 열려는 데 마침내, 전화기 너머로 아빠의 음성이 들려오기 시작했다.

"기노?"

다시 들어보아도 분명 아빠의 목소리가 맞았다.

"우리 기노. 학교 잘 다니고 있지?"

"방학했어. 어디야? 한강이야?"

"한강?"

"한강 아니야? 그럼 어디야?"

"그러니까… 아빠 지금 출장 와있어."

"어디로?"

나는 아빠의 위치를 재차 물었다. 하지만 아빠는 계속 출장에 와있다고만 대답할 뿐, 정확히 어디에 있다고는 절대 말하지 않았다. 아마도 아빠는 내게, 자신이 어디에 있는지를 알려주고 싶지 않은 것 같았다.

"영영 안 오는 거야?"

"아니야. 언젠가는 갈 거야."

아빠가 말한 '언젠가'가 정확이 언제인지는 모르겠지만, 어쨌거나 당장에 올 수 없다는 것은 분명해보였다. 아빠가 말했다.

"그래도 아빠가 사랑하는 거 알지?"

나는 말을 멈췄다. 잠시 생각할 게 있어서 그랬다.

"정말이야?"

"그럼. 정말이지."

　가슴이 콩닥콩닥, 뛰었다. 아빠가 나를 사랑한다는 말 때문에. 동시에 바랬다. 아빠가 내게 한다고 말하는 사랑만큼은 엄마가 내게 한다고 말했던 그것과 제발 다르기를. 아빠가 내게 한다고 말하는 사랑만큼은 내가 국어사전과 영화, TV드라마, 노래 가사에서 듣고 보아온 그것과 제발 같기를. 그러자 불쑥, 아빠가 엄청나게 보고 싶어졌다. 하루라도 빨리 아빠를 만나 사랑을 받고 싶어졌다. 당장이라도 아빠를 만나러 집 밖으로 뛰쳐나가고 싶어졌다. 하지만, 그렇게 할 수 없었다. 왜냐하면 대체 어디로 가야 아빠를 만날 수 있는지를 몰랐으니까. 그렇다면 방법은 한 가지 뿐이었다. 바로 아빠가 나를 보러 집으로 안 돌아오고는 못 배기게 만들어버리는 것. 내가 말했다.

“그거 알아? 엄마가 좀 이상해.”

나는 엄마가 듣지 못하도록 속삭이듯 조용조용, 말했다.

“무엇보다도, 엄마가 어떤 이상한 아저씨한테 쟁취 당했어.”

“응?”

“엄마가 어떤 이상한 아저씨한테 쟁취 당했다고.”

그때서야 아빠가 내 말을 이해한 것 같았다. 어딘가 거세진 말투로 내게 되물었던 걸 보면.

“엄마 바꿔봐.”

“그러니까 아빠가 빨리 와야 해. 알겠지?”

“일단 엄마 바꿔봐.”

나는 하는 수 없이 전화를 엄마에게 돌려주었다. 전화를 받아든 엄마는 아빠와 무어라고 몇 마디 주고받더니, 어느 순간부터는 조금씩 목청을 높이기 시작했다. 그러다 급기야, 내가 더 이상 끼어들을 수 없는 상황에까지 이르렀다. 그래서 나는, 일단 자리를 비켜주기로 했다.

잠시 후, 엄마가 방에서 나오더니 곧장 현관으로 향했다. 물론 아빠의 짐이 담긴 박스와 함께. 나는 엄마의 등에 대고 소리쳤다.

"아빠한테 가는 거야?"

하지만 엄마는 아무 대답 않았다. 그저 후다닥, 집 밖으로 나설 뿐이었다.

나는 입술을 잘근잘근, 씹으며 고민했다. 엄마를 뒤따라 아빠에게 찾아갈지, 아니면 아빠가 온다던 그 언젠가까지 기다리고 있을지를. 물론 나는, 그 언젠가까지 기다릴 자신이 없었다.

밖으로 나가 조금 걷자, 저만치에 박스를 들고 낑낑, 대며 걸어가고 있는 엄마가 보였다. 나는 적당히 거리를 둔 채 엄마를 뒤쫓았다.

엄마가 아파트 단지를 벗어나 길을 건넜다. 그리고는 한동안을 계속 앞만 보고 걸었다. 나는 여전히 적당히 거리를 둔 채 엄마를 뒤쫓았다.

주위는 어느새 상가들이 늘어선 거리가 되어있었다. 갑자기 많아진 사람들 때문에, 하마터면 엄마를 놓칠 뻔 했다. 하지만 곧 다시 찾을 수 있었다. 엄마는 큰 박스를 들고 있었던데다, 걸음까지 느려 눈에 쉽게 띄었으니까.

엄마가 한 건물 앞에서 걸음을 멈췄다. 우체국이었다. 그런데, 이상했다. 엄마는 문을 밀기만 할뿐, 들어가지 않고 계속 가만히 서있기만 했다.

나는 엄마에게로 조금 더 가까이 다가가 보았다. 엄마는 문을 계속해서 밀고만 있을 뿐, 여전히 들어가지 않고 있었다.

얼마 지나지 않아, 나는 그 이유를 알아차렸다. 바로 주말, 그러니까 우체국이 쉬는 날이기 때문이었다. 그런데도 엄마는 바보같이 계속 문을 밀어대기만 했다.

잠시 후, 엄마가 허탈하다는 표정으로 박스를 바닥에 내려놓았다. 나는 엄마에게 이제 알았냐? 라고 소리치고 싶었지만, 참았다.

엄마는 팔을 몇 번 주물주물, 거리고는 곧 누군가에게로 전화를 걸기 시작했다. 아마도 아빠에게.

통화는 생각보다 금방 끝이 났다. 그런데도 엄마는 여전히 길 위에 서 있기만 할 뿐, 더 이상 어디론가 움직일 생각을 않았다. 자꾸 시계를 들여다보는 것과 주위를 두리번거리는 것으로 보아, 엄마는 누군가를 기다리고 있음이 분명해 보였다. 아마도 아빠를.

시간이 얼마나 흘렀을까? 엄마가 마침내 다시 박스를 주워들었다. 그런데, 이상했다. 오토바이 한 대가 부릉부릉, 소리와 함께 엄마의 앞으로 멈춰 서서였다. 머릿속으로 이런저런 생각들이 꼬리에 꼬리를 물고 떠올랐다. 아빠가 오토바이를 탔었나? 혹시 아빠가 아닌 다른 사람인가? 설마 변호사 녀석인가? 그것도 아니라면 또 다른 낯선 남자인가? 그렇다면 엄마에게는 도대체 남자가 몇 명이라는 말인가?

마침, 오토바이를 타고 있던 사람이 헬멧을 벗었다. 그런데 우엑. 웬

늙은 아지씨였디! 니는 생각했다. 엄마는 참 가지가지 하는 것 같다고.

언마가 아저씨에게 박스를 건넸다. 그런데, 이상하게도 돈 몇 만원까지 함께 건넸다. 의아했다. 물론 얼마 지나지 않아, 나는 그 이유를 알아차렸다. 아저씨가 입고 있던 조끼에 새겨진 글귀를 보았으니까. 바로 '퀵 서비스'.

잠시 후, 엄마는 다시 온 길을 되돌아갔다. 아저씨는 수첩에 무언가를 적어 넣고는, 다시 오토바이에 올라타 시동을 걸었다. 이때다 싶어, 나는 오토바이를 향해 후다닥, 뛰어갔다. 하마터면 아저씨를 놓칠 뻔했지만, 내가 길을 가로막고선 덕에 겨우겨우 붙잡을 수 있었다.

"눈 똑바로 안 뜨고 다녀!"

아저씨가 내게 소리쳤다. 하지만 전혀 무섭지 않았다. 아니. 무서워할 틈이 없었다고 해야 맞겠다.

"지금 어디로 가는 거예요? 거기가 어디든, 나도 좀 데려다줘요!"

내가 다짜고짜 물었다. 물론 오토바이를 가로막고선 몸을 결코 비켜주지 않은 채로. 아저씨가 헬멧 덮개를 열고는, 황당하다는 눈으로 나를 쳐다보았다.

"방금 전에 화장 짙게 한 여자가 우리 엄마고, 뒤에 실린 물건은 바로 우리아빠 물건인데……"

나는 이러쿵저러쿵 설명을 해대다, 모든 것을 다 말하려면 며칠이 걸려도 모자를 것 같아 아예 딱, 잘라 말했다.

"어쨌거나 나도 같이 데려가줘요!"

하지만 아저씨는 아무 대답 없이 헬멧 덮개를 닫아버렸다. 그리고는 오토바이 머리를 스르르, 움직이기 시작했다. 나는 다시 오토바이를 막아선 다음 떼를 쓰듯 말을 이었다.

"나도 데려다달라고요!"

그런데도 아저씨는 아무 대답 않았다. 그저 한 팔을 들어 나를 저 멀리로 밀쳐내기만 할 뿐이었다.

"나도 데려다달라고! 이 쭈글탱이야!"

밀쳐지는 와중에 나도 모르게 버럭, 큰 소리가 나와 버렸다. 아저씨는 잠시 멈칫하나 싶더니 이렇게 말했다.

"규정상 사람은 안 돼 이놈아."

규정상이라는 말이 뭔지는 모르겠지만, 아무튼 안 된다는 뜻임에는 분명해 보였다. 그럼에도 나는 결코 포기할 수 없었다. 끝내, 아저씨의 옷자락을 세게 붙잡기까지 했다. 그리고는 절대 놓아주지 않을 기세로 떼를 썼다.

"네 사정이 딱한 건 알겠지만, 아무튼 안 된데도!"

하지만 나는 절대 놓아주지 않았다. 아저씨는 슬슬 짜증이 나기 시작하는지, 전보다 더 세게 나를 밀쳐냈다. 그럼에도 나는 여전히 결코 포기할 수 없었다. 그렇다고 딱히 이렇다 할 방법이 있는 것도 아니었지만.

잠시 후, 아저씨가 오토바이 바퀴를 부릉, 하며 서서히 굴리기 시작했다. 나는 애꿎은 발만 동동, 굴리다 문득, 떠올렸다. 어쩌면 아저씨를 설득할 수 있을지도 모르는 방법 하나를 말이다. 성공 가능성이 높지는 않아보였다. 하지만 마냥 가만히 있을 바에야, 시도라도 해보는 게 백 배는 나을 것 같았다.

"아저씨! 아저씨! 잠깐만요!"

나는 일단 큰소리로 아저씨를 불러 세웠다. 아저씨는 비록 바퀴를 멈추지는 않았지만, 내게로 고개를 돌려보기는 했다. 나는 곧바로 주머니에 손을 가져다 대며 말했다.

"이래도 안 돼요?"

그리고는 주머니 속에서 무언가를 꺼내 보였다. 바로 전날 밤 변호사 녀석에게서 훔친 돈들 중 만 원 짜리 한 장을. 순간, 아저씨가 바퀴를 끼익, 멈춰 세웠다. 헬멧 덮개를 스르르, 내려 보이기까지 했다. 신기하게도, 내 계획이 어느 정도 먹힌 것이었다!

나는 흥분을 가라앉히고는, 침착하게 아저씨의 반응을 살폈다. 무표정했다. 아무래도 만 원으로는 부족한지 싶어, 오천 원 한 장을 더 꺼내 보였다. 그러자 아저씨의 눈썹이 살짝 씰룩거렸지만, 금세 또 무표정해졌다.

나는 마지막 시도로 남아있던 오천 원 한 장을 더 슬그머니, 꺼내보였다. 그리고는 냉큼 아저씨의 반응을 살폈다. 하지만 아쉽게도 실패였다. 아저씨가 헬멧 덮개를 아예 휙, 덮어버렸으니까. 나는 생각했다. 애도 아니고, 어른을 설득하기에 이만 원은 턱없이 작은 돈인가 보다고. 나도 몰래 한숨이 푹, 내쉬어졌다. 고개가 절로 털썩, 숙여졌다.

"빨리 타, 이놈아! 발 아파!"

나는 고개를 번쩍, 들었다. 그러자 보였다. 아저씨가 몸을 앞으로 바짝 당겨 앉아있는 게. 내가 앉을 수 있을 만큼 자리가 충분히 남아있었다.

나는 후다닥, 오토바이로 뛰어가 풀쩍, 올라앉았다. 아저씨가 말했다.

"허리 꽉 잡아."

그 말에 괜히 기분이 울컥, 했다. 그 정도쯤은 나도 이미 알고 있었으니까. 하지만 아저씨가 기특한 마음이 더 컸다. 그래서 뭐라고 따지지는 않았다. 그저 이렇게만 생각했다. 어른에게도 이만 원은 큰돈인가 보다고.

오토바이는 계속 한 길을 따라 빠르게 달렸다. 그 바람에 바람이 자꾸만 코를 찔러, 급기야 콧물이 주르륵, 흘러나오기까지 했다. 나는 그 것을 손으로 냉큼 닦았다. 아빠에게 더러운 얼굴을 보이고 싶지 않아서였다.

주변으로 언젠가 본 적이 있는 합정역, 상수역이 보였다. 조금 더 가자, 아파트 단지들과 광흥창역이 보였다. 그때서야 오토바이는 속력을 줄이고는 큰 도로를 벗어나 아파트 단지 안으로 꺾어 들어갔다.

오토바이가 멈춘 곳은 아파트 단지 입구에서 가장 가까운 곳에 있는 아파트였다. 그랬다. 아빠는 엄마가 말한 멀고도 가까운 곳도, 변호사 녀석이 말한 한강도 아닌, 나의 집에서 고작 20분밖에 안 걸리는 곳에 살고 있었다. 그러니까 한 마디로, 모두 거짓이었다.

아저씨가 아빠의 짐이 담긴 박스와, 종이 한 장을 바닥에 내려놓았다.

나는 주머니를 뒤적여 아저씨와 약속한 2만원을 꺼내들었다. 그리고는 아저씨에게 돈을 건네려다 멈칫, 했다. 오토바이를 타고 올 때 닦았던 콧물이 돈 위에 살짝 묻어있었기 때문이었다.

하지만 아저씨는 코 묻은 돈이라도 상관없는지 휙, 낚아채가더니 꼬깃꼬깃, 접어 주머니에 쏙, 넣었다. 이상하게도, 무슨 죄라도 지은 사람처럼 주위를 빙, 둘러보면서.

어쨌거나 나는 아저씨에게 살짝 고개 숙여보였다. 내 나름의 감사를 표시한 것이다. 하지만 아저씨는 이렇다 할 반응 없이 오토바이에 시동을 걸고는 부르릉, 온 길을 되돌아갔다.

나는 아저씨가 두고 간 종이를 들여다보았다.

XXX아파트 111동 710호

그리고는 종이가 가리키는 아파트를 1층부터 7층까지 한 층 한 층, 차례로 올려다보았다. 층수가 높아질수록 가슴에서 나는 콩닥콩닥, 소리도 함께 따라 커졌다.

나는 박스를 힘차게 들어 올렸다. 꽤나 무거워 팔이 후들후들, 거렸다. 그렇다고 못 들 것도 없었다.

나는 아파트 안으로 들어갔다. 엘리베이터를 기다리는 시간이 너무도 길게 느껴졌다. 차라리 계단을 뛰어 올라갈까도 고민해보았지만, 그냥 참고 엘리베이터를 기다리는 게 나을 것 같았다. 기다리는 시간을 활용해, 아빠를 만나면 할 이야기들을 정리하는 게 낫겠다 싶어서였다.

얼마 지나지 않아, 엘리베이터 문이 열렸다. 나는 단 한 발자국만 앞으로 옮겨 탔다. 그리고는 들고 있던 박스를 잠시 벽에 기대 놓은 채, 새끼손가락으로 힘겹게 7층 버튼을 눌렀다. 하지만 잘 눌리지 않았다. 몇 번이나 콕콕, 또 콕콕, 찔러댄 후에야 버튼이 제대로 눌렸다.

잠시 후, 엘리베이터 문이 닫히기 시작했다. 닫혀가는 문 너머로 우편함이 보였다. 물론 아빠가 살고 있다는 710호의 것도. 문득, 이런 생각이 들었다. 나는 왜 아빠에게 편지를 보낼 생각을 하지 못했을까? 내가 아빠에게 하고 싶은 말이 있던 거라면, 아니면 아빠에게 듣고 싶은 말이 있던 거라면 편지로도 충분히 가능했을 텐데, 왜 나는 굳이 직접 아빠를, 그것도 몰래 찾아오게 되었을까?

순간, 다 닫히려던 문이 도로 열리기 시작했다. 지금이라도 편지를 쓰라는 하늘의 신호였을까? 꼭 그렇지는 않은 것 같았다. 나처럼 위로 올라가려던 사람이 엘리베이터를 멈춰 세운 것이었으니까.

엘리베이터 안으로 들어 온 사람은 나만한 꼬마. 그것도 계집아이였다. 계집아이는 목적지 버튼을 누르려다 멈칫, 하고는 나를 위아래로 훑어보았다. 나는 내 얼굴에 아직 콧물이 묻어있나 싶어 거울을 슬쩍, 들여다보았다. 하지만 아무것도 묻어있지 않았다. 오히려 평소보다 더 잘생긴 모습이 비춰지고 있었다. 나는 생각했다. 요것이 못생긴 주제에 남자 보는 눈 하나는 있나보다고.

그나저나 걱정이었다. 아빠를 만나면 과연 뭐라고 말을 걸어야 좋을

지가 발이나. 나는 곰곰이 생각해보았다. 그동안 떨어져있던 시간이 아무렇지 않다는 듯, 안녕 아빠? 라고 하는 게 좋을까? 아니면 내 마음을 있는 그대로, 너무 보고 싶었어 아빠! 라고 하는 게 좋을까? 아니면 아빠가 떠난 뒤 엉망이 된 내 지난날을 떠올리며, 대체 여기서 뭐하는 거야 이 주책덩어리야! 어서 짐이나 싸! 라고 하는 게 좋을까?

딩동, 소리와 함께 엘리베이터 문이 열렸다. 나는 끝내 할 말을 정하지 못한 채 몸을 내렸다. 한편, 계집아이는 나를 한 번 더 흘겨보고는 후다닥, 뛰어내렸다. 그리고는 복도 저만치 끝에 있는 집으로 들어가버렸다. 어이가 없었다.

나는 줄지어 늘어선 집들의 호수를 하나하나, 확인하며 앞으로 걸어나갔다. 701호, 702호, 703호. 호수가 점점 710에 가까워져갔다. 하지만 팔은 더 이상 박스의 무게를 견디지 못하겠는지 후들후들, 거리다 못해 아예 힘이 풀릴 지경이었다. 그래도 나는 낑낑, 안간힘을 써 겨우 707호, 708호를 지났다. 그리고는 어기적어기적, 709호에 다다랐다. 마지막으로 으쌰으쌰, 다음이 바로 나의 최종 목적지인 710호였다.

나는 젖 먹던 힘, 물론 먹은 기억은 없지만, 하여간, 온 힘을 다해 결국 710호 앞에 섰다. 그런데, 이상했다. 내가 죽을 똥 살 똥 다써가며 도착한 710호가 바로 복도의 가장 끝에 있다는 것이. 물론 복도의 끝에 있다는 것 하나만은 별 문제가 아니었다. 하지만 조금 전 못생긴 계집아이가 들어간 집과 같은 곳인 듯 싶다는 것은 큰 문제였다.

나는 우선 박스를 바닥에 내려놓았다. 그리고는 파르르, 떨리는 손가락을 조심스레, 벨에 가져다 댔다. 하지만 아무래도 뭔가가 영 마음에 걸렸다. 우선 창문으로 안을 들여다보고 나서 벨을 누르는 게 나을 것 같았다.

운 좋게도, 창문이 활짝 열려있었다. 너머로는 아무것도 보이지 않았다. 나는 창문 가까이로 귀를 가져다댔다. 작은 소리라도 들리기를 바라면서. 하지만 성별도 알 수 없고, 내용도 알 수 없는 목소리가 웅성웅성, 그것도 아주 희미하게 들려올 뿐이었다.

더 이상은 시간 낭비인 것 같아, 나는 그냥 벨을 눌러버리기로 결심했다. 그리고는 끝내, 손가락을 스르르, 벨에 가져다댔다.

"너 왜 자꾸 날 따라오니?"

나는 움찔, 했다. 황급히 버튼에서 손을 뗐다. 그리고는 냉큼 주위를 두리번두리번, 거렸다. 하지만 아무것도 보이지 않았다.

"하여간 남자 놈들이란. 피곤해 정말!"

그때서야 나는 소리의 주소를 파악할 수 있었다. 불행히도, 아빠가 살고 있다던 동시에, 못생긴 계집아이가 들어간 그 710호의 창문이었다. 쇠창살 사이로 계집아이의 얼굴이 보였다. 모습이 꼭 감옥에 갇혀있는 것 같았다. 어쩌면 그 아이 역시 나를 보며 같은 생각을 하고 있었는지도 모르지만.

계집아이가 의심스럽다는 눈으로 나를 쏘아보았다. 내가 어떤 말이라도 하길 기다리는 듯 보이기도 했다. 나는 어찌할 줄을 몰라만 하다 문득, 하고는 주머니를 뒤적였다. 그리고는 꺼내들었다. 바로 아빠의 서랍에서 찾은, 엄마의 눈물 자국이 남아있는, 내가 늘 주머니 속에 넣고 다녔던 그 편지를. 편지 위 글귀와 필름은 하도 많이 들여다보아 너덜너덜해져 있었다. 그렇다고 내용을 못 알아볼 정도는 아니었다.

"혹시 이 사람 여기 살아?"

나는 편지를 계집아이의 얼굴 가까이로 가져다 댔다. 그리고는 손가락으로 편지 위 필름 속 아빠의 얼굴을 콕, 가리켰다. 계집아이가 갸우뚱 하다는 듯 되물었다.

"이게 뭐야?"

나는 아예 필름을 편지에서 떼어 계집아이에게 건네주었다. 필름을 받아든 계집아이는 한동안 말없이 가만히 들여다보았다.

"이 사람 우리 아빤데?"

뭔 개소리인지 싶었다. 하도 기가 차서인지, 다시 말을 잇는데 꽤 오랜 시간이 걸렸다.

"너희 아빠라고?"

"응. 우리 아빠."

나는 다소 짜증이 난 말투로 물었다.

"왜 네가 이 사람을 아빠라고 불러!?"

계집아이는 잠시 사이를 두고 대답했다.

"언제부턴가 우리 집에 자주 놀러왔거든."

그리고는 이렇게 더 덧붙였다.

"하얀 자전거를 타고."

나는 잠시 사이를 두고 물었다.

“넌 집에 자주 오는 남자는 다 아빠라고 불러!?”

“물론 그건 절대 아니지.”

“그런데 대체 왜 아빠라고 불러!?”

계집아이는 조금 전보다 더 긴 사이를 두고 대답했다.

“그냥……. 그래야 용돈을 주거든.”

“용돈?”

“응.”

말 문이 턱, 막혀버렸다. 입안에 침이 바싹, 말라버렸다. 혀가 뻣뻣, 하게 굳어버렸다. 그런데도 나는 안간힘을 써 겨우 입을 열었다. 꼭 확인해야할 것이 하나 남아있어서였다.

“그럼 이 사람이 너한테도 사랑한다고 말해?”

“당연하지.”

순간, 괜히 확인했나 싶어졌다. 더 이상 뭐가 뭔지 파악하기가 힘들어졌다. 좌뇌와 우뇌가 서로 안간힘을 쓰며 내게 아빠고, 계집아이고, 하얀 자전거고, 용돈이고, 사랑이고, 그래서 나는 뭐고, 쟤는 뭐고, 걔는 뭐고, 이래서 저렇고, 저래서 이렇고, 그러니까 그렇고, 라고 뭐라 뭐라 계속 지껄여대는 것 같기는 한데, 도무지 어떤 게 뭐고, 그래서 또 뭐가 어떻게 어떻다는 건지 제대로 이해되는 게 단 하나도 없었다. 그저 어지러웠다. 너무도 어지러웠다. 수업 시작 전부터 참았던 똥을, 수업을 마치고 집으로 돌아가는 엘리베이터에서까지 참고 있었을 때보다 더

어지러웠다. 머리는 엄마가 그나마 가장 잘하는 요리인 '쥐포채'처럼 비비 꼬여 있었다. 몸은 과학 다큐멘터리에서 본 '무중력 상태'가 과연 어떤 것인지 몸소 체험하고 있었다.

끝내, 나는 몸을 돌렸다. 더 이상 계집아이와 눈을 마주치고 있을 수가 없어서였다.

아파트 밖을 다 빠져나오고 나서야, 정신이 조금씩 되돌아오기 시작했다. 나는 조금 전의 일들을 처음부터 차근차근, 되짚어 보았다. 하지만 여전히 제대로 이해되는 게 없었다. 다만 한 가지, 아빠가 내게 한다고 말했던 그것은 결코 사랑이 아니었다는 사실 빼고는. 왜냐하면 그렇지 않고서야, 내가 그토록 어지러울 리가 없었을 테니까.

결국 나는 지익, 찢어버렸다. 아빠의 편지를. 물론 엄마와 나, 그리고 아빠까지 함께 담겨있는 필름까지도 함께. 동시에 훨훨, 날려버렸다. 나의 가장 소중한 기억, 가장 행복했던 추억을. 그리고는 생각했다.

아무리 아빠라도, 자식에게 거짓을 말할 수 있나보다고.

710

생각 같지 않았다

나는 집으로 돌아가는 길을 정확히 기억하고 있었다. 우체국 앞에서 계속 직진하여 신호등을 8번 지나친 다음, 초록색 화살표시에 불이 들어오면 좌측으로 꺾어, 다음 신호등과 마주치기 전에 우측으로 꺾은 다음, 계속 직진하면 됐었다. 그러니 돌아갈 때는 반대로 거슬러 올라가기만 하면 됐다. 그래서 나는, 그렇게 했다.

약 한 시간 뒤, 나는 마침내 집에 도착했다. 현관 문 앞에 서서, 무거운 팔을 억지로 들어 올려 겨우 문고리로 가져다 댔다. 하지만 열고 싶지가 않았다. 아니. 들어가고 싶지 않았다. 내가 문 너머로 발을 옮겨야 할 이유를 더 이상 알 수 없었으니까. 너머에는 내가 머물 곳이 더 이상 없었으니까. 무엇보다도, 엄마와 변호사 녀석의 아무렇지 않은 얼굴을 보고 있을 자신이 더 이상 없었으니까. 그리고 나 또한, 아무렇지 않은 얼굴을 할 자신이 더 이상 없었으니까. 그래서 나는, 발을 돌렸다.

나는 엉기적엉기적, 아파트 단지 주변을 걸어 다녔다. 동시에 생각했다. 왜 엄마와 아빠는 내게 거짓을 말했던 것일까? 차라리 처음부터 나는 너를 사랑하지 않아, 라고 말했으면 됐을 텐데. 만약 그랬으면 내 젖꼭지가 이토록 아리지도 않았을 텐데. 정말로 그랬을 텐데.

이런 저런 생각을 하며 쉬지 않고 계속 걸었지만, 아파트 단지도 채 벗어나지 못하고 있었다.

주변으로 여전히 주차장, 관리사무소가 보였다. 조금 더 걷자, 놀이터가 보였다. 미끄럼틀 위에서는 나보다 어린 아이들 몇 명이 줄을 지어 미끄러지고 있었다.

너머에서는 아이들의 엄마로 보이는 아줌마들이 서있었다. 몇몇은 꺄르르, 수다를 떨고 있었고 몇몇은 힐끔힐끔, 미끄럼틀 쪽으로 눈길을 주고 있었다. 혹시라도 아이들이 다치지 않을까 그러는지 싶었다. 순간, 그 중 한 엄마가 무어라고 크게 소리쳤다. 그러자 아이들이 미끄럼틀에서 내려와 쪼르르, 엄마들에게로 뛰어갔다. 그리고는 덥석, 안기거나 주절주절, 주절대거나 칭얼칭얼, 떼를 쓰거나 했다.

엄마들은 아이들의 손을 붙잡고 둥근 벤치로 다가갔다. 그리고는 가방에서 무언가를 꺼냈다. 네모 낳고 투명한 상자들이었다. 뿌옇게 김이 서린 상자 안으로 검고 동그란 것들이 보였다. 김밥 같았다. 만든 지 그리 오래되지 않은 것 같았다.

엄마들은 김밥을 집어 아이들의 입에 넣어주었다. 물론 아이들은 잘만 받아먹었다. 표정을 보아하니, 자기들이 먹고 있는 김밥 속에 김과

오이, 당근, 어묵, 햄 외에 다른 무언가가 더 들어 있다는 것을 잘 모르는 것 같았다. 얄미웠다. 그래서 왈칵, 짜증이 났다. 나도 몰래 허리가 스르르, 굽혀졌다. 바닥에서 돌멩이가 절로 집어졌다. 그리고는 끝내 아이들에게로 휙, 던져지기까지 했다.

나는 결국 다시 집 현관문 앞에 섰다. 하는 수 없었다. 밖에서 걸어 다니다, 혹시라도 조금 전 놀이터에서와 같은 짜증나는 광경을 또 보게 될지도 몰랐으니까. 그래서 또 돌멩이를 던지게 될지도 몰랐으니까. 그럴 바에야 차라리 집으로 들어가, 방구석에 처박혀 아무 것도 보지 않고 가만히 있는 게 더 나을 것 같았다.

문을 열자, 엄마가 집에 있었다. 변호사 녀석도 돌아와 있었다. 십자가도 여전히 반짝반짝, 빛나고 있었다. 모든 것이 내가 집을 나서기 전 그대로였다. 단, 나만 빼고.

나는 신발을 벗었다. 한 발을 억지로 들어 겨우 집 안에 들였다. 그리고는 나머지 한 발 역시도. 그렇게 끝내, 나의 몸이 다 집 안에 들어서려는데, 엄마가 말했다.

"기노야. 나가는 김에 우유 한 통만 사올래?"

나는 몸을 멈칫, 했다. 동시에 생각했다. 과연 내가 지금 집으로 들어가고 있던 것인지, 아니면 집 밖으로 나가고 있었던 것인지. 하지만 아무래도 나는 집으로 들어가고 있던 것 같았다. 엄마가 또 말했다.

"신발장 위에 천 원짜리들 보이지?"

　그리고는 변호사 녀석과 하던 말을 마저 이어했다. 엄마의 얼굴은 여전히 화장되어있었다. 그것도 여태까지 보아온 것들 중 가장 짙고, 화려하게. 예뻤다. 사랑하지 않고서는 도저히 못 배길 정도로.

　그런 엄마의 모습을, 나는 한동안 가만히 바라보았다. 예뻐서가 아니었다. 바라보고 싶지 않았지만, 어쩔 수 없었다. 몸이 내 맘대로 움직여지지 않아서였다. 아무래도 번개가 와장창, 머리 위로 내려쳤기 때문에 그런 것 같았다. 그 바람에 머릿속에 있던 굵은 실 같은 게 우지끈, 하고 끊어졌다. 발밑에서 드르르, 지진이 일었다. 그래서 모든 것이 반으로 두둑, 갈라졌다. 나의 다리, 거시기, 배, 심장, 머리, 그렇게 내가 가진 모든 것들이, 서로 다시 붙을 수 없을 만큼 멀리 갈라지고, 주워 담을 수도 없이 잘게 조각이 났다. 조각난 가루들은 우글우글, 입 밖으로 쏟아져 나왔다. 땀구멍으로는 송곳 같은 피가 마구 솟구쳤다. 솟구친 송곳들은 다시 내 몸 위로 떨어졌다. 송곳들은 이미 구멍이 송송, 난 나의 피부와 와구와구, 갈라지고 잘기잘기, 찢겨진 나의 속살로까지 마구 파고들었다. 결국 나는 살아있는 상처 덩어리가 되어버렸다.

　그런 나를, 변호사 녀석이 가만히 바라보았다. 여전히 내가 무슨 생각을 하는지 다 안다는 눈으로. 실제로는 내가 무슨 생각을 하는지 하나도 모르고 있으면서 말이다. 그런데도 녀석은 여전히 내게서 눈을 떼지 않았다. 심지어 나를 비웃기라도도 하듯 입꼬리를 씰룩, 거리기까지 했다.

　그런 녀석을, 나 역시도 가만히 바라보았다. 한 손으로는 주머니를 더듬어보았다. 동시에 생각하고, 또 생각하고, 또 다시 생각했다. 그리고

244

는 고민하고, 또 고민하고, 또 다시 고민했다. 다름이 아니라, 너석에게
내가 무슨 생각을 하고 있는지 제대로 알려줄지 말지를. 그것도 속이
다 시원해지도록. 하지만 아무래도, 제대로 알려주는 수밖에 없는 것
같았다.

나는 집 밖으로 뛰쳐나갔다. 쉬지 않고 달려 학교 앞 문방구에 도착했
다. 그리고는 황급히 진열장을 살폈다.

종류가 너무 많았다. 나는 그 중 가장 크고 세 보이는 것을 골라 문방
구 아저씨에게로 가져갔다.

상자 위에는 M16이라고 쓰여 있었다. 온라인 총 쏘기 게임에서 보았
던 것과 같은 것에다, 연사까지 가능한 것이었다.

나는 마음껏 쏘아댈 수 있도록 총알을 충분히 챙겼다. 동시에 계산대
옆 바구니에 있던 방구탄과 콩알탄 등 터지고 불꽃을 낼 수 있는 것들
까지 모조리 쓸어 담았다. 그리고는 주머니에 남아있던 모든 돈을 공중
에 던져버린 다음, 다시 문방구 밖으로 나섰다.

나는 쉬지 않고 집으로 뛰어갔다. 현관문 앞에 도착하고서는, 몸을 숙
여 상자에서 총을 꺼내 총알을 빽빽이 채워 넣었다.

우유 구멍을 열어 너머를 들여다보자, 엄마와 녀석이 여전히 서로 마
주본 채로 히히덕, 웃어대고 있었다. 나는 속으로 3, 2, 1 을 외친 다음,
우유 구멍으로 방구탄과 콩알탄을 투척했다. 거실 바닥 위에서 콩알탄

이 타닥타닥, 터졌다. 방구탄이 삐질삐질, 악취를 풍기기 시작했다. 엄마와 변호사 녀석이 어리둥절하다는 얼굴로 콩알탄과 방구탄, 그리고 서로의 얼굴을 번갈아 보기 시작했다. 바로 그때, 나는 문을 활짝, 열어재꼈다. 우선 변호사 녀석에게로 냅다 뛰어갔다. 그리고는 총구를 녀석의 오른쪽 눈에 대고 철컥, 방아쇠를 힘차게 당겼다. 하얀 총알들이 녀석의 까만 눈동자를 명중시켰다. 나는 녀석이 눈을 질끈, 감기 전 나머지 왼쪽 눈에도 총알을 마구 갈겼다. 녀석이 두 눈을 붙잡고 바닥에 쓰러지더니, 몸을 굼벵이처럼 배배, 꼬기 시작했다. 그런 녀석의 두 무릎이 천장을 향하는 순간, 나는 다시 한 번 철컥, 방아쇠를 당겼다. 바로 녀석이 입고 있는 반바지 아래에 살며, 엄마를 쟁취한 공범이기도 한 그놈, 바로 거시기에다가.

옆에서는 엄마가 비명을 지르고 있었다. 사실 나는 엄마만큼은 쏘지 않으려고 했다. 하지만 여전히 화장되어있는 엄마의 얼굴을 보자 참을 수가 없었다. 결국 나는 달칵, 방아쇠를 당겼다. 총알 몇 발이 엄마의 떡칠된 화장 위에 닿았다. 화장이 어찌나 두꺼운지, 총알들이 위에 달라붙어 떨어질 생각을 않을 정도였다. 하는 수 없이 나는 철컥, 방아쇠를 힘차게 당겨버렸다. 그때서야 총알들이 엄마의 맨살에 닿는 것 같았다. 총알이 닿았던 부분에 꼭 여드름 같은 붉은 점들이 서서히 올라오기 시작했으니까. 순간, 변호사 녀석이 붉어진 눈으로 내게 달려들었다. 나는 몸을 뒤로 피하며, 황급히 총알을 더 채워 넣었다. 그리고는 총알이 다 떨어질 때까지 엄마와 녀석에게 와다다, 마구 쏴댔다. 엄마의 얼굴에는 이미 수십 개의 붉은 자국들이 나있었다. 녀석의 눈에서는 피가 나고 있었다.

그런 그들이 내게 무어라고 고래고래, 소리쳤다. 하지만 무슨 내용인지 잘 들리지 않았다. 왜냐하면 집 안은 이미 콩알탄과 방구탄이 터지는 소리들로 무척 시끄러워져 있었으니까. 소음들 속에서 엄마와 녀석이 괴로워하는 표정이 보였다. 나는 그것을 보며 생각했다. 감히 내게 거짓을 말하더니 꼴좋다, 라고.

그런데 이상하게도, 여전히 속이 다 시원해지지 않고 있었다. 얼마 지나지 않아, 나는 그 이유를 알아차렸다. 왜냐하면 내게는 꼴좋아야 할 사람이, 아직 하나 더 남아있었으니까

나는 멀고도 가까운 곳인지 뭔지 하는 곳에 있는 아빠에게로 달려갔다. 아쉽게도 방쿠탄과 콩알탄은 이미 다 써버리고 없었다. 하지만 상관없었다. 총알이 아직 충분했으니까.

그러고 보니, 날씨가 몹시 더웠다. 아마도 이번 여름 들어 가장 더운 것 같았다. 맘 같아서는 아무 은행으로 들어가 옷을 홀딱 벗고 에어컨 앞에 서있고 싶었다. 하지만 일단 참기로 했다. 물론 곧 시원해질 것이었으니까. 그것도 속까지 다.

목적지에 도착한 나는 엘리베이터를 타고 7층으로 올라갔다. 곧장 복도 끝으로 달려가 710호 앞에 섰다. 그리고는 벨을 꾸욱, 눌렀다.

잠시 후, 문이 열렸다. 처음 보는 아줌마가 밖으로 나와 내게 누구냐고 물었다. 물론 나는 대답 않았다. 그저 그녀를 밀치고는 집 안으로 뛰어 들어가기만 했다.

나는 우선 가장 처음에 난 방을 들여다보았다. 아빠는 거기에 없었다. 다음 방을 들여다보았다. 아빠는 거기에도 없었다. 물론 그럴 것이 당연했다. 아빠는 거실의 소파 위에 앉아 있었으니까. 그것도 무척이나 뻔뻔하게, 못생긴 계집아이를 자기 무릎 위에 올려놓은 채로.

그런데, 아빠의 얼굴이 어딘가 심각해보였다. 아마도 계집아이에게서 내가 다녀갔었다는 소식을 막 듣고 있는 모양이었다. 물론 그래봤자 소용없는 일이었다. 나는 이미 아빠에게 조준을 완료했었으니까.

나를 발견한 아빠의 얼굴이 꼭 겁먹은 토끼 같아졌다. 나는 토끼에게 총구를 가까이 가져다댔다. 그리고는 미안하지만, 방아쇠를 철컥, 당겼다. 눈, 코 입, 등, 튀어나온 모든 것들을 하나도 빠짐없이 와다다, 마구 쏴댔다. 물론 계집아이에게도 마찬가지로.

총알을 맞은 녀석들의 얼굴 위로 붉은 자국들이 올라오기 시작했다. 모습이 꼭 내가 어렸을 때 걸렸던 수두인지 뭔지 하는 그것에 걸린 사람들 같아졌다. 그런데도 나는 아랑곳 않고 계속 와다다, 쏴댔다.

녀석들의 얼굴에 맞고 튕겨나간 총알들이 너도나도 푸슝푸슝, 공중으로 떠올랐다. 꼭 벚꽃이 휘날리고 있는 모습 같았다. 아빠가 출장을 떠났던 즈음의 바깥 풍경처럼.

얼마 지나지 않아, 아쉽게도 총알이 다 바닥이 나버렸다. 나의 체력 역시도 다 바닥이 나버렸다. 나도 몰래 두 다리가 휘청, 했다. 허리가 절로 뒤로 풀썩, 꺾였다. 너석들에게 닿아있던 나의 눈이 점차 위로 옮겨지기 시작했다. 곧 천장이 보였다. 하지만 그대로 바닥에 뻗지는 않았다. 대신 현관문을 향해 엉금엉금, 기어갔다. 등 뒤로 처음 보는 아줌마가 지르는 비명소리가 들렸다. 하지만 나는 아랑곳 않고 계속 기어갔다. 그리고는 마침내, 가까스로 현관에 도착했다. 나는 후들후들 떨리는 손으로 문을 활짝, 열어 재꼈다. 그러자 불어왔다. 서늘한 바람이 휠휠, 또 휠휠. 그때서야 후끈 달아 있던 나의 몸이 서서히 시원해져가는 게 느껴졌다.

하지만 생각처럼, 속까지 다 시원해지지는 않았다.

친구라도 내게 거짓을 말할 수 있다

깜깜했다.

가로등이 한없이 높아만 보였다. 달이 너무나도 커보였다. 그래서 내가 한없이 작고 초라하게만 느껴졌다. 꼭 내가 엄청 큰 잘못이라도 저질러버린 것 같은 기분이 들었다. 잘 따지고 보면, 나는 잘못한 것이 전혀 없었는데도 말이다. 영화나 게임에서 그렇듯, 그저 나쁜 악당들을 혼쭐내주었을 뿐인데도. 그저 그랬을 뿐인데도.

거리에는 버스 정류장에 길게 줄지어 서있는 사람들, 흙 묻은 손으로 서로에게 작별 인사를 건네는 아이들, 슈퍼마켓에서 장을 보고 나오는 아줌마들 등으로 북적였다.

그들을 보고 있자니 문득, 이런 생각이 들었다. 그들과 나 사이에는 한 가지 다른 점이 있다고. 그들에게는 돌아갈 곳이 있지만, 내게는 없다고. 그래서 나는, 되도록 사람들이 다니지 않는 곳을 찾아 걸었다.

하지만 사람들은, 어딜 가나 있었다. 게다가 이상하게도, 모두가 나만 쳐다보는 것 같았다. 모두가 나를 보고 욕하는 것 같았다.

그런 그들의 눈빛이 내 몸에 닿을 때마다 살점이 조금씩 떼어져 나가, 곧 뼈만 앙상하게 남게 될 것 같았다. 그래서 나는, 최대한 사람이 다니지 않는 곳을 찾아 걸었다.

그런데도 사람들은, 어딜 가나 있었다. 문득, 궁금해졌다 이 세상에서 사람들의 눈을 피할 수 있는 곳이 과연 어디일까? 있기나 할까? 그곳을 찾아다니느니 차라리 내 눈을 뽑아버리는 게 더 빠르지 않을까? 그래. 눈을 뽑는 게 빠르겠어. 그렇다면 사람들이 나를 쳐다보아도 난 아무것도 느낄 수 없잖아. 그래. 그렇다면 내 마음이 엄청 편할 거야. 두 번 다시 나의 잘생긴 얼굴을 바라보지 못하게 된다 해도. 그래도 난 편하고 싶어. 지금 당장.

하지만 정말로 눈을 뽑을 용기는, 아쉽게도 내게 없었다.

한참동안 길 위를 서성이던 나는 끝내, 리아의 집으로 찾아갔다. 아무래도 내가 있을 수 있는 곳은 그곳뿐인 것 같았다. 아무래도 나를 보고 욕하지 않을 사람은 그녀뿐인 것 같았다.

그런데, 그녀의 집이 깜깜했다. 모두들 잠에 들어있는 것 같았다. 나는 그녀의 방 창문으로 다가섰다. 그리고는 똑똑, 문을 두들겼다. 하지만 아무 반응 없었다.

나는 다시 한 번 똑똑, 문을 두들겼다. 하지만 여전히 아무 반응 없었다. 다시 한 번 문을 두들기려다, 말았다. 나도 몰래 바닥에 털썩, 주저앉아 버려서였다.

"기노?"

나는 스르르, 고개를 들었다. 리아의 얼굴이 창문 밖으로 빼꼼, 나와있었다. 그녀의 눈이 휘둥그레, 져 있었다. 내가 말했다.

"들어가도 돼?"

"잠깐만."

리아가 밖으로 나왔다. 바닥에 주저앉아있던 나를 일으켜 자기 방으로 살금살금, 데리고 들어갔다. 그리고는 조심스레, 나를 침대에 뉘어주었다.

"어떻게 된 일이야?"

리아의 눈빛과 목소리에 걱정이라는 단어가 녹아있었다. 나는 한동안 아무 대답 않았다. 그저 가만히 그녀를 바라보기만 했다.

잠시 후, 내가 말했다.

"안아도 돼?"

리아가 고개를 끄덕, 였다. 나는 조심스레 몸을 일으켰다. 그리고는 그녀에게 안기려는데, 그녀가 먼저 와락, 다가와 안아 주었다. 그것도 아주 꽈악. 따뜻했다. 편안했다. 내가 말했다.

"로켓 터트려도 돼?"

리아가 고개를 끄덕이는 게 어깨 너머로 느껴졌다. 하지만 내가 이미 터트려버린 뒤였다.

리아와 나는 침대에 나란히 누웠다. 그녀가 내 손을 잡아주었다. 다른 한 손으로는 내 손등을 쓰다듬어주었다. 따스했다. 부드러웠다. 그래서였는지 서서히, 마음이 편안해져갔다.

웬만큼 마음이 편안해 진 나는 지난 며칠간의 일들을 한 마디 두 마디, 자세하게 리아에게 늘어놓았다. 그리고는 이렇게 말을 끝마쳤다.

"다 거짓이었어."

리아는 잠시 사이를 두고 말을 이었다.

"괜찮아. 내가 있잖아."

그리고는 한 마디 더 던졌다.

"나는 정말로 너 사랑해."

나는 잠시 사이를 두고 물었다.

"너도 나 사랑한다고?"

"응."

"정말이야?"

"응."

"정말?"

"당연하지."

나는 조금 전보다 더 긴 사이를 두고 물었다.

"그걸 내가 어떻게 믿어?"

리아가 내게로 고개를 스르르, 돌리며 대답했다.

"어떻게 믿냐면……"

그리고는 나와 잠시 눈을 맞추더니 이렇게 마저 대답했다.

"그냥."

"그냥?"

리아는 꽤 긴 사이를 두고는 말을 이었다.

"내가 지금 엄마를 처음 만났을 때 말이야. 기분이 너무 이상했어."

내가 왜냐고 묻자, 리아는 이렇게 대답했다.

"난생 처음 보는 사람이 나를 사랑한다고 말하니까."

그래서 리아는 그녀에게 이렇게 물었다고 했다.

"당신이 나를 사랑한다는 걸 제가 어떻게 믿어요?"

"믿기 어렵겠지만, 믿어야해."

리아는 또 물었다고 했다.

"믿기지 않는데 어떻게 믿으라는 거예요?"

"의심하지 말아야지."

리아는 또 다시 물었다고 했다.

"그러니까 대체 어떻게요?"

"노력하면 된단다."

그로부터 얼마 지나지 않아, 아빠와 지금의 엄마는 결혼했다고 했다.

그 후로 리아는 몹시 어렵지만, 새로운 엄마가 자기를 사랑한다는 것을 믿기 위해서, 의심하지 않으려고 노력했고, 또 노력했다고 했다. 그리고 그렇게, 지금까지도.

나는 리아의 말을 여러 번 곱씹어보고는 이렇게 물어보았다.

"그러니까 나도 노력해야한다는 거야?"

"응."

하지만 나는 아무래도 잘 이해가 되지 않았다. 무엇보다도 노력이라는 단어 때문에. 왜냐하면 그것은 사랑을 믿으려고 노력할 뿐이지, 정말로 믿는 것이 아니니까. 마치 내가 아무리 아름다운 순간을 낙서하려 노력해보아도, 결코 아름다워지지 않는 것처럼. 그래서 그저 애매할 뿐인 것처럼. 나는 리아에게 다시 물어보았다.

"너 정말로 나 사랑하는 거 맞아?"

"그렇다니까."

순간, 어떤 의문 하나가 떠올랐다. 나는 그것을 곧장 리아에게 물어보았다.

"왜?"

"뭐가?"

"나 왜 사랑 하냐고."

리아가 내게로 스르르, 고개를 돌렸다. 그리고는 이렇게 대답했다.

"그냥."

"그냥?"

리아는 한동안 대답을 않았다. 내가 다시 묻자, 그때서야 그녀는 입을
열어 한 마디 두 마디, 늘어놓았다. 요약하자면 대략 이랬다. 그녀가 처
음 나와 만났을 때는 왠지 모르게 기분이 나빴고, 또 무서웠다고. 하지
만 시간이 지날수록 점점 기분이 좋아졌고, 또 편안해졌다고. 동시에,
내일이 빨리 찾아오는 것이 오히려 기뻐지기 시작했다고. 그리고는 끝
내, 내가 자기에게 나타나 준 것을 감사까지 하게 됐다고. 내가 왜냐고
묻자, 그녀는 이렇게 대답했다.

"더는 심심하지 않아졌으니까."

나는 한동안 아무 말 않고 가만히 있었다. 그저 계속 리아의 말들을
곱씹고, 또 곱씹어보기만 했다. 아무래도 여전히 애매해서였다. 내가 말
했다.

"그래서 너는 대체 왜 나를 사랑한다는 거야?"

리아는 잠시 사이를 두고 대답했다.

"심심하지 않으려고."

여전히 애매했다. 심심하지 않으려고 나를 사랑한다는 것은 정말로
나를 사랑해서 사랑하는 것이 아닌 것 같아서였다. 리아가 말했다.

"그런데 사실, 그런 이유들이 중요한 게 아니야."

"그럼 뭐가 중요한데?"

"여기."

리아는 손가락을 들어 자기 가슴을 가리켰다. 내가 말했다.

"그게 뭔데?"

“마음.”

“마음?”

“응. 마음. 나는 정말 여기로 너를 사랑해.”

그때서야 애매했던 것들이 한결 나아졌다. 리아가 내게 한다고 말하는 사랑이 국어사전, 그리고 그동안 내가 영화나, TV드라마, 노래, 그리고 국어사전 등에서 듣고 보아왔던 사랑과 꽤나 비슷한 것 같았으니까. 리아가 말했다.

“그러니까 나를 믿어. 알겠지?”

하지만 나는 여전히 잘 믿기지가 않았다. 왜냐하면 리아가 내게 거짓을 말하고 있는 것일지도 몰랐으니까. 바로 엄마와 아빠가 내게 그랬던 것처럼. 나는 생각했다. 사랑이란 것이 눈으로 직접 확인할 수 있는 것이면 정말 좋겠다고. 그렇다면 나는 리아가 내게 한다고 말하는 사랑이 거짓인지 아닌지 쉽게 알아차릴 수 있을 테니까.

물론 리아의 말로 보자면, 사랑은 눈으로 확인할 수 없는데도 그냥 믿어야만 하는 것이었다. 하지만 나는 그것을 눈으로 직접 확인해야만 믿을 수 있을 것 같았다.

그러나, 다시 생각해보니 꼭 불가능한 것만은 아니었다. 사랑을 눈으로 확인할 수 있는 방법이 하나 있었으니까. 내가 말했다.

“우리 섹스하자.”

리아가 흠칫, 놀라며 내게로 고개를 돌렸다. 표정으로 보아, 섹스가 무엇인지 이미 알고 있는 것 같았다. 리아가 말했다.

"농담이지?"

"아니."

리아는 잠시 사이를 두고 말을 이었다.

"너 지금 그게 뭔지나 알고 하자는 거야?"

"당연하지."

나는 지난 번 인터넷에서 알아낸 섹스의 내용들을 기억나는 대로 리아에게 말해주었다. 그러자 리아는 어이없다는 듯 한 숨 푹, 내쉬더니 이렇게 말했다.

"참 나."

"할 거야?"

"안 돼."

"왜?"

"우린 아직 너무 어려."

"어리면 못 하는 거야?"

"응."

"왜?"

"어쨌든 안 돼."

"그러니까 왜?"

리아는 아무 대답 않았다. 그저 스르르, 내게서 등을 져 눕기만 했다. 조금 더 기다려보면 대답이 나오겠거니 했지만, 그녀는 끝내 아무 대답 않았다. 참다못한 내가 다시 말했다.

"안 할 거야?"

그때서야 리아가 스르르, 내게로 다시 몸을 돌렸다.

"너 그거 어떻게 하는 건지는 알아?"

"응."

"어떻게 하는 건데."

"일단 거시기를 장승같이 세워야 돼."

"그러니까 어떻게 장승같이 세우는지 아냐고!"

나는 인터넷에서 보았던 내용들을 다시 한번 잘 떠올려보고는 대답했다.

"우선 자극을 받아야 해. 너한테서."

리아는 조금 전보다 더 어이없다는 듯 한 숨 푹, 내쉬더니 이렇게 말했다.

"받든지 말든지, 너 알아서 해."

그리고는 휘릭, 내게서 도로 등을 져 누웠다. 아무래도 리아는 나와 섹스를 하고 싶지 않은 것 같았다. 그래서 나는 끝내, 그녀의 사랑을 눈으로 확인 할 수도, 믿을 수도 없었다.

나와 리아 모두 한동안 말을 않자, 방 안에 정적이 무겁게 내려앉았다. 나는 리아의 등을 콕콕, 찔렀다.

"자?"

리아는 아무 반응 않았다. 그새 잠들어버린 것 같았다.

"너는 꼭 그걸 해야만 믿겠어?"

순간, 리아가 정적을 깨며 말했다. 여전히 내게서 등을 진 채, 이상하게도 목이 꽈악, 잠긴 목소리로. 내가 대답했다.

"응."

리아는 잠시 사이를 두고 물었다.

"그냥 나를 믿어주는 게 그렇게 힘든 거야?"

내가 바로 대답 않자, 리아가 다시 물었다. 내게로 스르르, 몸을 돌리면서.

"그런 거야?"

그런데, 이상했다. 리아의 눈가가 촉촉했다. 리아가 또 다시 물었다.

"그런 거냐고."

나는 한동안 곰곰이 생각해보고는 이렇게 대답했다.

"응."

왜냐하면 리아에게 거짓을 말할 수는 없었으니까. 리아는 잠시 사이를 두고는 이렇게 물었다.

"인터넷은 그냥 믿으면서?"

그러고 보니 그런 것 같기도, 아닌 것 같기도 했다. 그래서 나는 끝내, 아무 대답도 하지 못했다.

얼마 지나지 않아, 커튼 사이로 파란 햇볕이 스멀스멀, 새어 들어오기 시작했다. 그래서 방 안이 온통 새파래졌다. 꼭 내가 물속에 잠겨져가는 기분이 들었다. 그것도 아주 깊고 차가운 물속에.

나는 리아의 몸을 흔들어 보았다. 하지만 아무 반응이 없었다. 정말로 잠에 들어버린 것 같았다.

결국 나는 침대에서 몸을 일으켰다. 그리고는 그녀의 귀에 대고 이렇게 속삭였다.

"나 갈게."

하지만 여전히 아무 반응이 없었다.

나는 리아의 방 문으로 다가섰다. 그리고는 슬며시, 문을 열어 한 발 두 발, 밖으로 내딛었다.

"나 너 싫어."

나는 몸을 휘릭, 돌렸다. 그새 방이 더 새파래져 있었다. 그녀의 얼굴은 이불 밖으로 빼꼼, 나와 있었다. 눈은 창문을 향해 있었다. 아마도 창 밖 너머 정원의 나무를 바라보고 있는 것 같았다. 그녀가 말했다.

"다시는 나 찾아 오지마."

나는 의아하다는 듯 리아에게 물었다.

"조금 전에는 나 사랑한다고 했잖아."

"거짓이었어."

"정말이야?"

"응. 나 너 안 사랑해. 솔직히 너 같은 놈을 누가 사랑해."

젖꼭시가 왈칵, 아려오기 시작했다. 나는 생각했다. 아무리 친구라도, 친구에게 거짓을 말할 수 있나보다고. 리아가 말했다.

"그러니까……"

나는 숨을 멈칫, 했다. 아무래도 리아의 입에서 또 내 젖꼭지를 아프게 할 말이 나올 것 같아서였다. 하지만 이상하게도, 리아는 한동안 말을 잇지 않았다. 기다리고 또 기다려도 아무 말이 이어지지 않았다.

잠시 후, 리아가 마침내 말을 마저 이었다.

"꺼져."

그래서 나는, 그렇게 했다.

모두가 내게 거짓을 말한다

그날, 나는 아침이 다 되어서야 집으로 돌아갔다.

변호사 녀석이 눈에 안대를 차고 있었다. 엄마의 얼굴에 화장품 대신 연고가 발라져 있었다. 그것 말고는 전과 똑같았다. 바뀐 것이 하나도 없었다. 엄마가 말했다.

"걱정했잖아."

그리고는 나를 껴안으며 말을 이었다.

"오늘은 정말로 너를 혼내야 하는데. 정말로 그래야 하는데. 이상하게 그게 잘 안 돼."

급기야 흐느끼기까지 하더니 끝내, 이렇게 말을 마쳤다.

"너를 너무 사랑해서 그런가봐."

그랬다. 정말로 바뀐 것이 하나도 없었다.

며칠이 지나자, 예전과 완전히 똑같아졌다. 변호사 녀석이 안대를 풀었다. 엄마는 얼굴에 다시 화장을 했다.

아니다. 생각해보니 바뀐 것이 하나 있다. 바로 일주일에 한 번씩 아빠와 만나게 됐다는 것. 굳이 바뀌지 않았어도 됐을 일이다.

하루는, 내가 엄마에게 이렇게 물어보았다. 대체 내게 왜 거짓을 말했던 거냐고. 참다못해 물어본 것이었다. 아무리 생각해보아도, 이해가 가지 않아서였다. 생각할수록 복잡해져서였다. 아무리 알아내려고 노력해도 답은커녕, 계속 화만 올라와서였다.

나는 똑같은 질문을 아빠에게도 물어보았다. 물론 둘은 시치미를 뚝, 뗐다. 마치 내게 조금의 거짓도 말한 적이 없다는 듯. 그래서 나는 하는 수 없이, 국어사전에서의 사랑, 인터넷에서 알아낸 사랑, 그리고 영화, 드라마, 노래 등에서 보아 온 사랑들을 예로 들어가며 꼬치꼬치, 따져댔다. 그러자 둘은 한동안 대답을 머뭇머뭇, 대더니 끝내, 입을 열었다. 그런데 어쩐 일인지, 돌아오는 대답이 서로 미리 입을 맞추기라도 한 듯 한 글자도 빼놓지 않고 똑같았다. 바로 이렇게.

"그냥 그런 거야."

게다가 뒤 따라오는 한 마디 역시도.

"너도 언젠가는 알게 되겠지만."

심지어 말을 끝마치는 한 마디까지도 말이다.

"그래도 나는 너를 계속 사랑할거야."

물론 나는 그 말들을 믿지 않았다.

또 다른 하루는, 리아가 나를 찾아왔다. 그녀는 나의 집 문을 두들기고, 나의 이름을 소리쳤다. 동시에 이렇게 말하기도 했다. 나를 사랑하지 않는다고 했던 말은, 거짓이었다고.

"홧김에 그런 거야."

그리고는 한마디 더 덧붙였다.

"나 너 정말로 사랑해."

하지만 나는 아무 반응 않았다.

리아는 저녁까지도 나의 집 문을 두들기고, 나의 이름을 소리쳤다. 하지만 나는 또 아무 반응 않았다.

리아는 다음날도, 그 다음날도, 그리고 그 다음날도 계속 나를 찾아왔다. 그렇게 6일 동안, 그녀는 하루도 빼지 않고 나의 집을 찾아왔다. 그리고는 또 문을 두들기고, 나의 이름을 소리쳤다. 하지만 나는 또 다시 아무 반응 않았다.

다음날. 비가 많이 쏟아지는 날이었는데도, 리아는 나를 찾아왔다. 그녀는 또 문을 두들기고, 나의 이름을 소리치다 급기야 훌쩍, 이기까지 했다. 그녀가 말했다.

"아직도 못 믿겠어?"

그랬다. 하지만 나는 끝내 아무 반응 않았다. 그런 내게, 리아는 이렇게 말하고는 떠나버렸다.

"바보 같은 놈."

그리고 그렇게, 8일째 되는 날부터는 리아가 더 이상 나를 찾아오지 않았다.

얼마 지나지 않아, 방학이 다 끝나버렸다. 나는 저벅저벅, 교실로 들어섰다. 아이들이 서로 옹기종기 모여 왁자지껄 떠들고 있었다. 나는 아이들과 어색하게 인사를 나누었다. 전학을 온 지 한 학기가 지났지만, 아직 서로 서먹서먹했다.

그런데 이상하게도, 리아가 학교에 나오지 않았다. 다음날도. 그 다음날도. 그리고 그 다음날도. 그녀는 그렇게 계속 학교에 나오지 않았다.

다음 날. 교실에 들어서자, 웬 일인지 아이들이 리아의 책상 주변에 모여 웅성웅성 대고 있었다. 리아가 드디어 학교에 왔는지 싶었다.

나는 리아의 책상으로 다가갔다. 그리고는 아이들의 어깨너머로 리아가 정말로 학교에 왔는지 슬쩍, 들여다보았다. 그런데, 이상했다. 리아는커녕, 안개꽃인지 뭔지 하는 꽃 한 다발만 책상 위에 놓여있었다. 아이들 중 한 명이 다른 한 명에게 속삭였다.

"또라이가 자살했대."

"정말?"

"응. 지네 집 나무에서 목을 매달았다나 뭐라나."

"그래? 그럼……"

그 아이는 잠시 사이를 두고 말을 마저 이었다. 이상하게도, 내게로 고개를 스르르, 돌리면서.

"이제 한 명밖에 안 남았네?"

수업이 다 끝나자마자, 나는 리아의 집으로 달려갔다. 다행히도 문이 열러있었다. 그런데, 그녀의 방 파란색 커튼이 다 사라지고 없었다. 침대도, 책상도, 다 사라지고 없었다. 그저 잘게 찢겨진 종잇조각들만이 바닥 위에서 쪼르르, 또 쪼르르 뒹굴고 있을 뿐이었다.

나는 눈을 최대한 얇게 떴다. 그리고는 종잇조각들에게로 초점을 맞췄다. 뿌옇던 시야가 서서히 뚜렷해졌다. 동시에 종잇조각들의 정체도 뚜렷해졌다. 바로 내가 낙서했던 리아의 아름다운 순간이었다.

나는 하는 수 없이, 걸음을 돌렸다. 파란 쪽문으로 저벅저벅, 다가섰다. 그리고는 문을 열고 나가려다 멈칫, 했다. 정원 위에 박혀있던 나무 한 그루와 눈이 찌릿, 마주쳐서였다.

나는 나무 가까이로 조심스레, 다가섰다. 그리고는 한동안 가만히 바라만 보았다. 나무에 잎이 무성하게 자라있었다. 초록이 눈부실 정도로 푸르고, 또 푸르렀다. 그런데도 어쩐 일인지, 표정이 슬퍼보였다. 그것도 엄청나게.

집으로 돌아오는 길, 나는 생각했다. 리아가 내게 한다고 말했던 사랑은, 어쩌면 거짓이 아니었는지도 모르겠다고. 그때서야 내 입에서 불쑥, 이런 말이 튀어 나왔다.

"미안해."

물론 이미 늦어버렸지만.

주말이 오자마자, 나는 인터넷에서 메모한 약도를 들고 집을 나섰다. 그리고는 마포구청역에서 지하철을 타고 삼각지역에 내려, 다른 지하

철로 갈아탄 다음 동대문역에서 내렸다.

출구 밖으로 나와, 기억을 더듬고 또 더듬어 약 15분 정도를 더 걸었다. 그리고는 끝내 외할머니 집, 바로 이글루에 도착했다.

나는 이글루의 초인종을 눌러보았다. 하지만 아무 반응이 없어, 하는 수 없이 지난번 외할머니에게 받았던 열쇠로 문을 열고 안으로 들어갔다.

나는 현관에 서서 이글루 안을 빙, 둘러보았다. 흰 벽지하며, 이렇다 할 가구도 없는 것하며. 이글루의 모습은 여전했다. 그런데 웬 일인지, 외할머니가 보이지 않았다. 내가 말했다.

"할머니?"

하지만 여전히 아무 반응이 없었다.

나는 외할머니의 방 문 앞으로 다가섰다. 그리고는 귀를 슬며시, 가져다 대 보았다. 외할머니가 아마도 방 안에 있는 것 같았다. 얼핏 부시럭, 대는 소리를 들었으니까.

나는 똑똑, 노크를 해보았다. 그런데도 아무 반응이 없어 결국 조심스레, 문을 열어보았다. 역시나 외할머니는 나의 예상대로 방 안에 있었다. 하지만 얼굴을 볼 수는 없었다. 외할머니가 품에 무언가를 끌어안은 채, 내게서 등을 지고 있었으니까.

나는 방안을 빙, 둘러보았다. 젊은 남자의 모습이 담긴 액자가 벽에서 사라지고 없었다. 물론 그럴만한 이유가 있었다. 왜냐하면 외할머니가 그것을 품에 끌어안고 있었으니까.

나는 방 안으로 한 발 두 발, 걸어 들어갔다. 그리고는 외할머니의 어깨를 톡톡, 건드렸다. 하지만 외할머니는 여전히 아무 반응이 없었다. 그저 코를 훌쩍, 삼키는 소리와 흑흑, 흐느끼는 소리만 반복해서 내고 있을 뿐이었다. 내가 말했다.

"할머니. 뭐 좀 물어봐도 되요?"

외할머니는 아무 대답 않았다. 내가 다시 말했다.

"할머니. 뭐 좀 물어봐도 되냐고요."

외할머니는 여전히 아무 대답 않았다. 그래서 나는 그냥 다짜고짜 물어보기로 했다.

"저도 개새끼일까요?"

나는 외할머니에게 그동안 리아와 나 사이에 있었던 일들을 한 마디 두 마디, 차례대로 늘어놓았다. 그리고 그렇게, 리아가 끝내 자살을 하게 된 것까지도. 왜냐하면 그러지 않고는, 내가 더는 답답해서 견딜 수 없을 것 같았으니까. 내가 말했다.

"아무래도 제가 리아를 고생 시킨 것 같아요."

그리고는 외할머니에게서 대답이 나오기를 기다렸다. 하지만 끝내, 나는 아무 대답도 들을 수 없었다.

나는 하는 수 없이 몸을 돌렸다. 그리고는 온 길을 다시 되돌아 방 문을 스르르, 밀어 닫았다. 닫혀가는 문 너머로 외할머니의 모습이 보였다. 그리고 그렇게, 더는 보이지 않으려던 찰나, 외할머니가 말했다.

"너는 개새끼 아냐."

하지만 내가 이미 철컥, 문을 닫아버린 후였다.

개학 한 달째, 나는 난생 처음 땡땡이라는 것을 했다. 아니. 땡땡이를 '쳤다'라고 하는 게 올바른 표현이겠다. 내 눈에 다른 사람이 보이는 게 싫어서 그랬다. 다른 사람의 눈에 내가 보이는 게 싫어서 그랬다. 그러니까 그냥, 혼자만 있고 싶어서 그랬다.

막상 학교 밖을 나왔지만, 스니커즈를 사먹는 일 외에는 딱히 할 게 없었다. 그렇다고 집으로 곧장 돌아갈 수도 없었다. 혹시라도 변호사 녀석과 마주치게 될까봐. 그것도 아주 편안한 반바지 차림으로 있을 녀석과. 그래서 나는 차라리, 무작정 걸으며 시간을 때우기로 했다.
걷다보니, 궁금한 것들이 하나 둘, 꼬리에 꼬리를 물고 떠오르기 시작했다. 하루 동안 길바닥에서 얼마나 많은 동전을 주을 수 있을지 부터 시작해서, 마포구에 있는 맨홀들의 개수는 과연 총 몇 개일지, 끝으로 아빠가 사는 광흥창역에서 나의 집까지는 과연 몇 발자국이나 됐던 것일지까지. 그러니까 엄마가 말했던 멀고도 가까운 곳이라는 거짓은 과연 몇 발자국만큼의 거리를 말했던 것일지가 말이다.

나는 곧장 광흥창역으로 갔다. 그리고는 다시 집까지 걸어왔다. 하지만 총 몇 발자국이 드는지 다 셀 수 없었다. 발자국 개수가 100이 될 만하면 꼭 로켓이 터져버렸던 바람에 말이다.

그 후로 며칠 간, 나는 연달아 땡땡이를 쳤다. 대부분 선생님이 화장실을 간 틈을 타 후다닥, 두망쳤다.

땡땡이를 치고서는 곧장 광흥창역으로 갔다. 그리고는 다시 집으로 되돌아오고, 다시 광흥창역으로 갔다가 또 다시 집으로 되돌아오기를 여러 번 반복했다.

발자국 개수를 셀 때는 우선 1부터 100까지만 셌다. 다 차면 다시 1로 돌아가, 또 100까지만 셌다. 그렇게 계속 반복하다 나중에 모두 합칠 계획이었다.

동시에 이런 생각을 하기도 했다. 이런 기계가 있으면 참 좋겠다고. 사람들이 내게 하는 말들 중 내가 모르는 단어가 있다면 곧바로 설명해주는 기계가. 예를 들면 누군가 내게 사랑이라는 단어를 말했을 때, 그 뜻을 곧바로 설명해주는 것 같은. 아니. 차라리 이런 기계가 있으면 더 좋겠다고. 사람들이 내게 하는 말들 중 내가 모르는 단어가 있다면 곧바로 설명해주는 것뿐만 아니라 말하는 사람의 진짜 속마음까지 설명해주는 기계가. 예를 들면 누군가 내게 사랑이라는 단어를 말했을 때, 그 뜻을 곧바로 설명해주는 동시에, 그 말이 거짓인지 아닌지 까지도 설명해 주는 것 같은. 하지만 그런 기계는, 아쉽게도 없었다.

하루는 선생님이 통 화장실에 갈 기미가 보이지 않았다. 참다못한 나는 결국 선생님에게로 저벅저벅, 다가섰다. 그리고는 한 마디 두 마디, 조곤조곤, 말했다. 지금 나의 뱃속이 뚫어질 듯 아프고, 머리가 깨질 것 같이 지끈거리니, 조퇴를 안 시켜주면 교실 바닥에서 죽어버릴지도 모른다고. 그런데도 잘 통하지 않자, 이렇게 따지기까지 해보았다.

"리아가 배 아프다면 조퇴시켜줬으면서 저는 왜 안 시켜줘요!"

하지만 여전히 잘 통하지 않아 하는 수 없이, 교실 바닥에 주저앉아버렸다. 그리고는 울고불고 난리를 쳐대기 시작했다. 내가 말했듯, 조퇴를 안 시켜주면 정말로 죽어버릴지도 모르는 사람처럼 말이다. 그런데도 선생님은 끝내, 나를 조퇴시켜주지 않았다.

사실, 내가 한 말들은 거짓이 아니었다. 나는 정말로 아팠다. 그래서 전보다 더 크게 울고불고 난리를 쳐댔다.

그런 나를, 아이들이 눈치도 없이 너도 나도 와하하, 또 와하하, 마구 비웃어대기 시작했다. 나는 바닥에 주저앉은 채로 아이들에게로 스르르, 고개를 돌렸다. 그러자 보였다. 수십 개의 입꼬리와 눈동자가 요란하게 떠다니고, 또 떠다니는 것이. 동시에 들렸다. 수십 줄의 불쾌한 소리들이 나의 귓가를 사납게 맴돌고, 또 맴돌고 있는 것이. 그 바람에, 머릿속에 있던 굵은 실 같은 게 또 우지끈, 하고 끊어졌다. 그랬다. 지금 당장 녀석들을 혼쭐내주라는 신호였다.

나는 자리에서 벌떡, 일어나 아무 한 아이의 앞으로 다가섰다. 그리고는 한 손을 들어 녀석의 주둥이를 퍽, 내려찍어 버렸다. 다른 한 손으로는 가위를 만들어 두 눈을 푹, 찔러버렸다. 그러자 녀석이 뒤로 훌렁, 나자빠졌다. 손으로 얼굴을 가린 채 바닥 위를 뒹굴뒹굴, 댔다.

나는 한 발을 들어 녀석의 배를 꾹, 밟아버렸다. 다른 한 발로는 옆구리를 펑, 차버렸다. 그렇게 몇 번을 반복해서 꾹, 밟고 펑, 차자 녀석이 소리를 꽥꽥, 또 꽥꽥, 질러댔다. 듣자하니, 꽤나 아파하는 것 같았다. 쌤통이었다.

녀석을 웬만큼 혼쭐내줬다 싶어, 나는 다른 아이들에게로 몸을 휘릭, 돌렸다. 물론 나머지 녀석들까지 모두 혼쭐내 줄 작정으로. 그런데, 이상했다. 다행인지 불행인지, 아이들이 더는 나를 비웃지 않고 있었다. 대신 눈을 휘둥그레, 뜨고 있었다. 입꼬리를 부들부들, 떨고 있었다. 한 걸음 두 걸음, 뒤로 물러서고 있었다. 순간, 기분이 이상해졌다. 이상하게도 내가 정말로 또라이가 된 것 같았다. 그것도 레알 또라이가. 나는 그저 특별해지고 싶었을 뿐이지, 정말로 레알 또라이는 아니었는데도 말이다. 절대로.

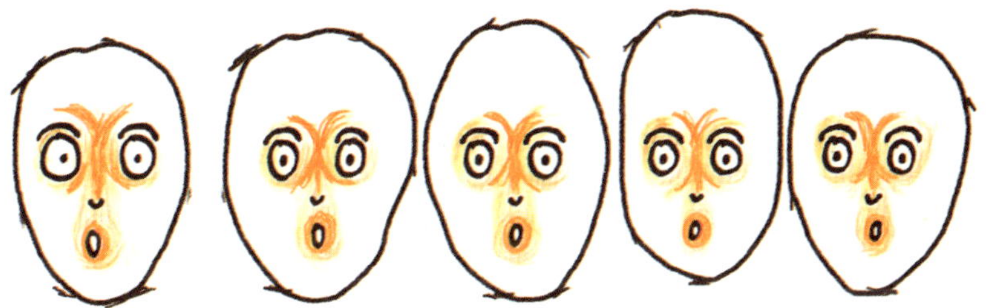

그날, 나는 수업을 다 마쳤는데도 곧장 집으로 돌아가지 못했다. 조금 전의 일 때문인지, 선생님이 엄마를 학교로 불러버려서였다. 치사한 여자였다.

잠시 후, 엄마가 정말로 학교로 찾아왔다. 그리고는 교무실로 들어가 선생님과 이러쿵저러쿵, 이야기를 나누었다. 무슨 내용인지는 알 수 없었다. 왜냐하면 교실에서 반성문을 쓰고 있었으니까. 하지만 나는, 쓰지 않았다. 물론 잘못한 것이 하나도 없었으니까.

집으로 돌아오자마자, 나는 엄마에게 조금 전 선생님과 무슨 이야기를 나누었는지 꼬치꼬치, 캐물어 보았다. 하지만 엄마는 당장 아무 대답 않았다.

대신 다음 날이 되어서야 뒤늦게 대답해 주었다. 단, 말이 아닌 행동으로.

이른 아침부터 엄마가 방으로 들어와 나를 깨웠다.

"얼른 옷 입어."

그리고는 밖으로 휙, 나가버렸다. 나는 갸우뚱, 해 하는 한편, 일단 옷을 주워 입었다.

나는 밖으로 나갔다. 그런데, 의아했다. 엄마가 현관에서 신발을 신고 있었다.

"빨리 나와. 갈 데가 있어."

더 의아해졌다. 내가 학교에 가기에도, 엄마가 회사에 가기에도 시간이 너무 일렀던 데다, 꼭 어딘가로 함께 가자는 듯 들리는 엄마의 말 때문에. 하지만 뭐라고 따지지는 않았다. 눈이 부릅, 떠져 있는 것으로 보아, 엄마가 그날 달걀을 낳은 것임이 분명해보였으니까. 그런 날에는 엄마에게 최대한 고분고분 하는 것이 좋았다. 그래서 나는, 엄마가 시키는 대로 했다.

　엄마와 나는 택시를 타고 어딘가를 향해 달렸다. 이상하게도, 창밖으로 낯선 풍경들만이 보였다.

　잠시 후, 택시가 한 건물 앞에 멈춰 섰다. 엄마는 기사 아저씨에게 돈을 건네고는 후다닥, 택시에서 내렸다. 나도 덩달아 후다닥, 엄마를 따라 내렸다.

　엄마와 나는 한 건물 안으로 들어갔다. 그리고는 엘리베이터를 타고서 위로 올라갔다. 1층, 2층, 3층, 4층, 그리고 딩동. 엘리베이터 문이 열렸고, 나는 뚜껑이 열렸다.

　병원이었다. 그것도 정신을 담당하는 병원. 나는 고개를 휘릭, 들어 엄마를 올려다보았다. 하지만 엄마는 나를 내려다보지 않았다. 그저 간호사 누나에게 나의 이름과 생년월일을 말해주기만 할 뿐이었다.

　엄마와 나는 한 진료실로 들어갔다. 의사 선생님의 얼굴이 하얗고 삐쩍 마른 게, 꼭 아빠가 술을 많이 마신 다음 날 아침에 먹는 국 속의 북어인지 뭔지 하는 하얗고 뻑뻑한 생선 같았다.

　북어가 내게 무언가 계속 꼬치꼬치, 캐물었다. 하지만 나는 아무 대답도 하지 않았다. 그저 10초에 한 번 꼴로 엄마를 흘겨보기만 했다. 북어를 바라보는 엄마의 얼굴이 꼭 겁을 잔뜩 먹은 아이 같았다. 아마도 자기가 내게 한 잘못들을 북어에게 들킬까봐서일 것이었다. 어쨌거나 나 때문은 아닌 것이 분명했다.

내가 먼저 진료실 밖으로 나갔다. 대기실에 앉아 북어의 방 문을 뚫어져라 쳐다보았다. 안에서는 북어가 비린내 나는 입으로 엄마에게 무어라고 지껄여대고 있을 것이 빤했다.

잠시 후, 엄마가 진료실 밖으로 나왔다. 나는 자리에서 일어나 엄마에게로 가까이 다가갔다. 역시나 내 예상이 맞았다. 엄마의 옷이 온통 북어 비린내로 찌들어있었다.

엄마가 간호사 누나에게서 종이 한 장을 받아들었다. 엄마는 종이를 구겨 냉큼 주머니로 집어넣었다. 하지만 나는 이미 보아버렸다. 종이 위 병명 란에 '소아 우울증'이라고 적혀 있던 것을. 나는 그게 무슨 뜻인지 정확히 알 수 없었다. 어쨌거나 어떤 병이라는 사실만큼은 분명했다.

엄마와 나는 약국에 들렀다. 그리고는 약을 타서 다시 집으로 돌아왔다. 집에 도착하자마자, 엄마는 곧장 밥을 차리기 시작했다. 물론 나는 이미 알아챘다. 엄마는 내게 밥을 먹이고 싶은 게 아니라, 약을 먹이고 싶은 거라고.

밥을 다 먹고 나자, 역시나 서너 개의 알약이 내 손 위에 얹어졌다. 하지만 나는 약을 선뜻, 먹지 않고 손에 들고만 있었다. 그러자 엄마는 스르르, 물이 담긴 컵을 내게로 들이 밀었다.

 결국 나는 약을 입에 넣었다. 그리고는 물을 한 모금 크게 꼴깍, 삼켰다. 그때서야 엄마가 식탁을 정리하기 시작했다.

 하지만 그때, 나는 약까지 삼키지는 않았었다. 몰래 혀 밑에 숨겨두었다 오줌 누러 가는 척 하며 화장실 변기에 뱉어버렸다.

그 후로도 나는 계속 약을 먹었지만, 결코 목 뒤로 삼키지는 않았다. 다른 한편, 두 번 다시 땡땡이를 치지 않기로 내 스스로와 약속했다. 다름이 아니라, 그래야 선생님이 더는 엄마를 부르지 않을 것이고, 그래야 엄마도 더는 내게 약을 주지 않을 것이었으니까.

얼마 후, 엄마가 정말로 더는 내게 약을 주지 않았다. 대신 이렇게 명령했다. 학교를 마치고는 곧장 집에 돌아와야 하고, 돌아오자마자 꼭 집전화로 자기에게 전화를 해야 하며, 절대로 밖에 나가면 안 된다고.
물론 나는 그 명령을 들을 마음이 조금도 없었다. 하지만 들을 수밖에 없었다. 내가 그렇게 하지 않는 다면 더는 용돈을 주지 않겠다고 나를 협박했으니까. 그 말은 즉, 내가 더 이상 스니커즈를 사먹을 수 없다는 말이었다. 동시에 나의 하루 속 유일한 즐거움이 사라진다는 말이기도 했다. 아무래도 나는, 그 즐거움 없이 하루를 보낼 자신이 없었다.

집에 있는 시간동안, 나는 주로 TV를 보며 시간을 보냈다. 낙서는 더 이상 하고 싶지 않았다. 해봤자, 더는 내가 특별한 일을 하는 것 같은 기분이 들지도, 천재가 된 것 같은 기분이 들지도, 모두가 모르는 비밀을 나 혼자만 아는 기분이 들지도 않아서였다. 왜냐하면 모두들 어떤 순간이 찾아오면 저마다 짓는 표정들 중, 때로는 거짓이 껴있기도 했으니까. 바로 아빠의 자전거가 그랬던 것처럼.
TV를 볼 때, 나는 최대한 조심스럽게 채널을 돌렸다. 혹시라도 영화,

드라마, 노래들이 화면 위로 흘러나올까봐. 그것도 엄청 즐겁고, 신나고, 행복해 보이는 사람들이 나오는데다, 그 모든 것들이 다 사랑 때문에 그렇다고 말하는 거짓 화면이.

나는 대신 즐겁지도 않고, 신나지도 않고, 행복해 보이지도 않는 사람들이 나오는, 그러니까 아무것도를 가진 사람들이 나오는 화면이 나오면 무조건 채널을 멈췄다. 그리고는 온 정신을 쏟아 뚫어져라 쳐다보았다. 화면 속 사람들이 가진 아무것도가 나보다 더 크고 무거울수록 더 뚫어져라 쳐다보았다. 다행히도, 그러면 내 기분이 조금이나마 나아졌으니까.

그러던 어느 날 문득, 이런 생각이 들었다. 앞으로도 계속 이렇게 아무것도 채널을 보며 못되게 사는 것도 그다지 나쁠 것 같지 않다고. 앞으로도 계속 이렇게 아무것도 채널을 보며 못되게 살다 죽는 것도 그다지 나쁠 것 같지 않다고. 그러자 곧장 이런 생각이 따라 붙었다. 그나저나 죽는다는 것은 과연 무엇일까? 죽으면 어떤 느낌이 들까? 죽었으니까 아무 느낌도 들지 않을까? 아니면 죽었다는 느낌이 들까? 그렇다면 반대로 살아있다는 것은 과연 무엇일까? 살아있다는 건 과연 어떤 느낌일까? 나는 살아있는데 왜 살아있다는 느낌을 느끼지 못할까? 아니면 여태까지 느껴온 모든 것들이 다 살아있다는 느낌인걸까? 그렇다면 죽어서 느끼는 모든 느낌들은 다 죽었다는 느낌인 게 맞는 걸까? 그렇다면 살아있는 것과 죽어있는 것은 서로 별 차이가 없는 걸까? 그렇다면 왜 살아있어야 할까? 그리고 또 왜 죽어야 할까? 그나저나 리아는 이 모든 것들을 이미 다 알고 있겠지?

그러고 보니, 나는 리아에게 끝내 하지 못한 말이 하나 있다. 이미 생각을 다 마쳤는데도 말이다. 바로 너와 함께 먹었던 밥이 세상에서 가장 맛있었다는. 그래서 나는 생각한다. 생각을 너무 오래하는 것은, 별로 좋지 않은 건가 보다고. 정말로 그런 것 같다.

북어 녀석의 말처럼, 어쩌면 나는 정말로 병에 걸려있는지도 모른다. 그날 병원에서 집으로 돌아오자마자 곧장 인터넷에 소아 우울증을 검색해보았으니까.

여러 검색 결과들이 떴다. 나는 그것들을 하나하나 다 살펴보았다. 중간 중간에 내가 알지 못하는 단어들이 더러 있었다. 나는 그 말들이 전부 이해가 될 때까지 국어사전을 보고 또 보았다. 그리고 그렇게, 나는 결국 알게 되었다. 단 한 단어도 빠짐없이, 모두가 나의 이야기라는 사실을.

하지만 나는 내가 병에 걸렸다는 사실을 결코 인정할 수 없다. 왜냐하면 나는 정말로 병에 걸린 게 아니니까.

그저, 진실을 원했을 뿐이니까.

어쩐 일인지, 오늘따라 아무것도 채널을 보아도 기분이 나아지지 않는다. 벽에서 반짝반짝, 빛나고 있는 십자가 때문에 몹시 눈부시기만 하다.

　나는 자리에서 일어나 십자가를 한동안 가만히 들여다본다. 국어사전을 펼쳐, 사랑의 뜻을 다시 찾아보기도 한다. 그리고는 십자가와 국어사전을 서로 번갈아본다. 동시에 그동안 내가 보고 들어온 것들, 지난 몇 달간 내가 생각했던 것들, 믿었던 것들, 그리고 겪었던 것들을 되돌아보기도 한다. 하지만 과연 무엇이 거짓이고 무엇이 거짓이 아닌지, 생각할수록 복잡하다. 생각할수록 뭐가 뭔지 알 수가 없다. 알려고 노력하면 노력할수록, 정답에서 멀어지는 것 같다. 여전히 어딘가에는 분명 문제가 있는 것 같은데도 말이다.

　나는 결국 하나님에게 물어 보기로 한다. 하나님. 있잖아. 내가 정말 궁금한 게 있어서. 물어봐도 되나. 좀 알려줄래. 제발. 엄청나게 궁금해서 그래. 아무래도 나는 모르겠어. 그래서 미칠 것만 같아. 그러니까. 내가 묻고 싶은 건 말이야.

　대체 사랑이 뭐야?

　아무래도 그것 말고는 잘못 된 게 없는 것 같아서다. 하지만 하나님은 아무 대답이 없다. 하나님도 사랑이 무엇인지 잘 모르나보다. 그런데도 십자가는 여전히 반짝반짝, 빛을 잃을 줄 모른다.

　나는 십자가에 손을 가져다댄다. 그리고는 벽에서 십자가를 떼어 낸다. 나는 그것을 창밖으로 던져버릴 작정이다. 아무런 대답도 못 하는 주제에 가만히 반짝반짝, 빛나고만 있는 것이 영 불쾌해서다. 무엇보다도, 사랑이 무엇인지도 모르면서 서로 사랑하라고 말하고 있는 것이 영 패씸해서다.

나는 방으로 들어간다. 창문을 활짝, 열어젖힌다. 십자가를 든 팔을 하늘 높이 치켜든다. 그리고는 밖으로 던지려다 멈칫, 한다. 얼핏, 어떤 소리를 들은 것 같아서다.

"잠깐."

드디어 하나님이 내게 무언가를 말한다. 내가 말한다.

"왜?"

"그나저나 너는 그들을 사랑했냐?"

나는 잠시 생각해보고는 대답한다.

"응."

하나님이 다시 내게 묻는다.

"정말로?"

"당연하지."

"너는 그걸 어떻게 믿어?"

"내가 직접 한 거니까."

하나님이 잠시 사이를 두고 묻는다.

"애매하지 않게?"

나는 대답할 말을 생각한다. 하지만 뭐라고 해야 할지 잘 떠오르지 않는다. 그래서 그저 입술을 오물오물, 거리기만 한다.

나는 결국 잘 모르겠다, 라고 대답하려다 멈칫, 한다. 십자가의 등에서 무언가를 보아서 그렇다. 이렇게 쓰여 있다.

made in china

그렇다. 십자가는 하늘에서 온 것이 아니다. 중국에서 온 것이다. 그러니까 사람이 만든 것이다. 그렇다면 하나님 역시 사람이 만든 사람일지도 모른다. 그래서 어쩌면, 하나님이 우리에게 서로 사랑하라고 한 말 역시 사람이 지어내서 만든 말일지도 모른다. 만약 정말 그렇다면, 하나님 역시 내게 거짓을 말한 것이나 다름없다. 왜냐하면 원래부터 있지도 않은 사람이고, 또 그런 사람의 말이니까.

나는 십자가를 창밖으로 주저 없이 휘릭, 던져버린다. 십자가의 긴 몸통이 태양을 푹, 찌른다. 그리고는 땅바닥으로 빙글빙글, 돌며 떨어진다. 그리고 그렇게, 결국 바닥에 철퍽, 닿는다. 몸통이 쨍강, 두 동강난다. 흙먼지와 마구마구, 뒤엉킨다. 그런데도 여전히 반짝반짝, 빛을 잃을 줄 모른다.

순간, 나는 그것이 아름다워 보인다.

어쩌면 여태껏 내가 보아온 순간들 중 가장 아름다운 것 같기도 하다. 그러나 웬 일인지, 창문으로 비친 나는 엄청 바보 같아 보인다. 그것도 아주 못생긴 바보.

나는 침대에 눕는다. 그리고는 다시 생각해본다. 내가 정말로 그들을 사랑했는지를. 아무래도 나는 그들을 사랑한 것이 맞는 것 같다. 내가 어떻게 그들을 사랑하지 않을 수 있었겠어. 나의 하나 뿐인 엄마고, 아빠고, 또 태어나 처음 생긴 친구인데.

나는 다시 국어사전을 펼친다. 그리고는 또 사랑의 뜻들을 자세히 살펴본다. 동시에 내 마음도 자세히 살펴본다. 아무래도 나는 그들을 사랑한 것이 분명 맞다. 그것도 엄청나게. 단, 국어사전이 내게 거짓을 말하고 있는 것이 아닌 이상. 만약 국어사전마저 거짓이라면, 정말 큰일이다. 왜냐하면 결국 나조차도 내게 거짓을 말한 것이 되니까.

어쨌거나 이제는 상관없다. 어차피 앞으로 나는 그 누구도 사랑하지도, 사랑받지도 않을 것이니까. 나는 아무것도 채널만 보며 못되게 살아갈 것이니까. 그러다 못되게 죽어갈 것이니까. 아니. 어쩌면 나도 중간에 외할머니처럼 미쳐버리게 될지도.

어쨌거나 이제는 상관없다. 어차피 앞으로 나는 그 누구도 사랑하지도, 사랑받지도 않을 것이니까. 왜냐하면 사랑은 내가 아무리 노력해도 믿을 수 없을 테니까. 내가 아무리 노력해도 받을 수 없을 테니까. 내가 아무리 노력해도 할 수 없을 테니까.

애매하지 않게.

나는 침대에서 몸을 일으킨다. 방 안을 빙, 둘러본다. 여전히 콘크리트 냄새나는 아파트 그대로다.

머리를 쓰나듬어본다. 손가락과 발가락을 들여다본다. 머릿속 생각을 들여다본다. 여전히 절로 자라는 것 그대로다.

창문을 열어 너머를 주욱, 둘러본다. 경비 아저씨의 행동을 살펴본다. 여전히 풀밭을 뒤적거리고 있는 것 그대로다. 아직까지도 행운을 찾지 못한 것 같다.

어쨌거나 모든 것이 그대로다. 변한 것이 아무것도 없다. 단, 사랑인지 뭔지 하는 것 때문에 엉망이 된 내 마음 빼고는.

문득, 엄마와 아빠의 말들이 떠오른다. 그냥 그런 거라던. 언젠가는 너도 알게 될 거라던.

어쩌면 그 말들이 맞는지도 모른다. 정말로 사랑은 원래부터 그냥 그런 건지도 모른다. 그래서 애매하든 애매하지 않든 원래부터 상관없는 건지도 모른다. 눈으로 확인할 수 있든 없든 원래부터 상관없는 건지도 모른다. 거짓이든 아니든 원래부터 상관없는 건지도 모른다. 그리고 그렇게, 언젠가는 너도 알게 될 거라던 그때가 바로 지금인 건지도 모른다.

그렇다면, 나 또한 앞으로 누군가에게 거짓을 말하게 되는 것일까? 그것도 아무렇지 않게? 엄마, 아빠, 그리고 영화, 드라마, 노래들이 그러는 것처럼? 왜냐하면 그냥 그런 거니까?

정말로 그럴지도 모른다.

심심한데, 리아나 보러 갈까나.

모두가 내게 거짓을 말한다

초판 인쇄 | 2012년 9월 12일
초판 발행 | 2012년 9월 17일

지은이 | 황석원
펴낸이 | 김희연
펴낸곳 | amStory

책임편집 | 김승윤
홍　보 | (주)에이엠피알 (amPR)
디자인 | 스튜디오 미인
마케팅 | 김경은, 윤승주
인　쇄 | 금강인쇄

출판 등록 | 2010년 2월 15일 (제307-2010-4호)
주소 | (100-042) 서울시 중구 남산동 2가 22 명지빌딩 신관 701호
전화 | 02-779-6319　**팩스** | 02-779-6317
전자우편 | amstory11@naver.com
홈페이지 | www.amstory.co.kr
ISBN 978-89-965725-4-1 (03810)